Fritz-Stefan Valtner

Die Stammtischrunde
„Lütte Jungs"

Bibliografische Information der Deutschen Nationalbibliothek

Die Deutsche Nationalbibliothek verzeichnet diese Publikation in ihrer Nationalbibliothek.
Detaillierte bibliografische Daten sind im Internet über:
http://dnb.dnb.de abrufbar.

Herstellung und Verlag:
BoD - Books on Demand
Norderstedt

ISBN: 978-3-7526-0992-9

Printed in Germany

Fritz-Stefan Valtner

Die Stammtischrunde

„Lütte Jungs"

Vorwort

An diesem Stammtisch „Lütte Jungs" treffen sich regelmäßig fünf reife Herren, um in Ruhe, losgelöst vom häuslichen Stress, einmal in der Woche etwas Skat zu spielen, dabei ein kleines Bierchen, vielleicht auch zwei oder drei, zu trinken und sich über ihren erlebten Alltag auszutauschen.
Dies war ja besonders in Zeit des Jahres 2020 sehr wichtig. Da beherrschte ja ein Thema fast die gesamte Welt.

Der Corona-Virus!

In der Regel trifft man sich um 20.00 Uhr am Donnerstagabend in einer Land - Gaststätte, hat dort einen kleinen Raum für sich, ist ungestört und man geht so gegen 23.00 Uhr.

Es kann aber auch schon mal spät werden, wenn die Themen zahlreich sind, dann geht man nach der Sperrstunde um 24.00 Uhr erst wieder auseinander und nach Hause.
In der Regel sind die Herren dann so gegen 0.15 Uhr wieder bei ihrer Herzallerliebsten und sehnen sich nach der Bettruhe. Denn am nächsten Tag ruft meist noch die Arbeit.

Die Stammtischrunde
„Lütte Jungs"

2

Aber an diesem Donnerstag, wir schreiben den 14. Mai 2020 wurde ja fast schon leidenschaftlich diskutiert und so dauerte dieser Abend noch weit über die Sperrstunde hinaus und man musste befürchten, dass...?

Zum Glück hat ein Zeit- und Augenzeuge diesen Abend aufgezeichnet und lässt uns nun daran teilhaben.

Allerdings war an diesem Tag doch etwas anders!

Was?

Dazu komme ich später darauf zurück.

Bevor wir uns der Runde anschließen, möchte ich ihnen doch die Teilnehmer vorstellen, die an diesem Donnerstagabend, wie immer zusammen kamen, damit sie wissen, mit wem sie es hier zu tun bekommen.

Da haben wir als erstes den Lehrer Paul Lekon. Er ist 64 Jahre alt, verheiratet mit Elfriede Lekon, geb. Hüttenreuscher, ebenfalls eine Lehrerin. Die Ehe blieb kinderlos. Zum einen, weil man gesehen hat und es auch tagtäglich erlebt, wie schwer Kinder zu erziehen sind. Dazu kommt noch erschwerend hinzu, dass er der „Grünen Fraktion" angehört, wo man eher dazu neigt, alles etwas lockerer zu nehmen.

Ja, für eigene Kinder hatte man selbst wenig Zeit, da man ja neben dem Unterricht in der Schule, natürlich auch bei sämtlichen Protesten dabei war. Zum Beispiel bei Friedensbewegung, bei der Anti-Atomkraftbewegung, beim Klimawandel, beim Kohleausstieg, oder auch beim Protest gegen die Windkraft anlagen, bei Umweltschäden, Friday for Future und, und, da blieb halt wenig Zeit.

Jetzt versucht er das letzte Jahr seiner Lehrertätigkeit über die Zeit zu bringen, um dann in Pension zu gehen.
Seine Frau ist etwas jünger, sie bereitet sich ebenfalls schon auf den Ruhestand vor.

Hobbys haben die beiden nicht, dafür sind sie auf jeder öffentlichen Kreistagung zu finden, um dort ihren Frust über die Obrigkeit freien Lauf zu lassen.

Der zweite Teilnehmer ist der Malermeister Willi Makel, er ist mit 60 Jahren der Jüngste im Kreis, wird auch scherzhaft „Pinselquäler" genannt.

Einen Werbespruch hat er natürlich auch:

Nimm den Maler Makel, dann bleibt die Wand blank, in der Wand das Kabel und die Farbe ist blamabel!

Er ist verheiratet mit Carola, eine Frau die gewohnt ist, das Regiment zu führen. Da hat Willi nicht viel zu melden.

Das er zur Runde kommen darf, ist unserem nächsten Teilnehmer zu verdanken, da er dem Willi immer mal den einen oder anderen Auftrag vermittelt.

Der Dritte im Bunde ist unser Beamter Bernhard Mövenkorn-Hiddenkamp. Er muss noch zwei Jahre durchhalten auf seinem Arbeitsplatz in der Kreis-Verwaltung.

Das heißt jeden Morgen mit dem E-Fahrrad zum fünfminütigen entfernten Arbeitsplatz fahren, dort gegen 8.58 Uhr ankommen, stempeln und das Bürozimmer oder besser gesagt „eilig" die Amtsstube aufsuchen, um mit der ersten, allerdings sehr wichtigen Amtshandlung zu beginnen.

Das heißt: erst einen Kaffee aufsetzen und in aller Ruhe ein oder zwei Tassen Kaffee trinken, dann versuchen wach zu bleiben, um die Mittagspause nicht zu verpassen.

Nur zum Feierabend wird es oft kritisch, da der Mittagsschlaf doch sehr intensiv ist und die Gefahr besteht, dass die Glocken von der Kirche nebenan überhört werden.

Denn nach einer der Arbeitsverordnung des Amtes ist es den Mitarbeiter zu ermöglichen, seinen Arbeitsplatz pünktlich zu verlassen.

Zuwiderhandlungen sind nicht erwünscht!

Ja, hier nahe der Kreisverwaltung steht eine kleine Kirche und man hat mit dem dortigen Pfarrer vereinbart, dass er unbedingt von Montag – Freitag um 15.15 h die Glocken 15 Minuten läuten lassen sollte, damit jeder Beamte weiß, dass der Feierabend um 15.45 h bald bevorsteht.

Damit dies nicht so sehr auffällt blieb dem armen Pfarrer nichts anderes übrig, als für diese Zeit eine zusätzliche „Vesper-Messe" anzusetzen.

Bernhard ist in zweiter Ehe mit Dörte verheiratet und hat mit ihr vier Kinder. Die erste Ehe blieb kinderlos.

Der Vorgarten, eigentlich das ganze Haus und der Garten ist so ordentlich angelegt, da kann man mit dem Zollstock durchgehen.

Nichts ist zu hoch und aus der Flucht angelegt. Also, dies ist so einer, der, wenn er den Rasen gemäht hat, bäuchlings auf dem Boden liegt und jedes sich aufrichtendes Grashalms mit der Nagelschere beikommt.

Wenn er eine Arbeit beginnt, ist allein schon die Vorbereitung ein Akt für sich. Es fehlt nur noch eine Anleitung in dreifacher Ausfertigung.

Da kommen wir auch schon zu dem vierten Teilnehmer in der Runde, unserem Bodo.

Bodo Brandner ist 62 Jahre alt und verheiratet mit Gertrude. Glücklich? Schwer zu sagen! Bevor hier was in den falschen Hals kommt, halten wir uns lieber zurück – aus Gründen der persönlichen Sicherheit.

Er ist von Beruf Pfleger in einer Senioreneinrichtung und hat immer sehr viel zu tun, da nicht alle Stellen besetzt sind, so schiebt er eine Überstunde nach der anderen, um dem „häuslichen Dasein" zu entkommen.
Bei unserem Treffen blüht er jedes Mal so richtig auf.

Der Letzte in dieser Runde ist der Rentner Fokko Focken. Er ist seit zwei Jahren im Ruhestand, nach aufreibenden Jahren als Reisender.

Seine Frau hat ihn schon vor Jahren verlassen, da er nie Zuhause war. So lebt er heute alleine in seinem kleinen Häuschen und erfreut sich des Leben.
Seine zahlreichen weiblichen Bekanntschaften halten ihn ganz schön auf Trab.
Da sollte einer einmal sagen, dass das Rentnerleben ein Ruhekissen sei.
Aber sonst ist Fokko jemand, der gerne zu allem seinen Senf hinzugeben möchte, ob er davon Ahnung hat oder nicht.

So kommt jeden Donnerstag eine illustre Runde zusammen, die neben dem Skatspiel auch viel diskutiert und nicht auf ein Thema festgelegt ist.

Also folgen wir mal einem solchen Abend.

Gegen 20 Uhr trudeln sie alle mehr oder wenig pünktlich ein, man begrüßt sich sehr herzlich, als wenn man sich schon Wochen nicht mehr gesehen hatte. Das mit den Wochen stimmt schon, weil „Corona", dies ist kein Weibsbild, sondern eine handfeste Krise, die uns weltweit ereilte.

Auslöser war die Freisetzung eines Virus in China, der uns dann fast regelrecht überrollte und zuerst in Italien und in Spanien zu schweren medizinischen Nöten führte.

Dann zog der Virus weiter nach Frankreich, dann nach Österreich und von dort über Bayern nach Norddeutschland.

Damit auch in unsere Region hinein.

Trotz zahlreicher und schneller Vorsichtsmaßnahmen musste die Regierung Maßnahmen beschließen, die uns natürlich sehr schwer fielen. Abstandsregeln wurden bzw. waren notwendig, Betriebe wurden geschlossen, es fanden Hamsterkäufe statt und was erstaunlich war, es gab einen Gegenstand der fast überall ausverkauft war:

Toilettenpapier!

Ich weiß nicht warum dies so war?

Aber es war so! Hatten alle eine panische Angst, dass dieser Virus eine „Scheißerei" auslöst? Jedenfalls war es schwierig an das begehrte Papier heran zu kommen.

14

So erging es auch anderen Produkten wie Nudeln, Mehl, Hefe und zahlreiche, beliebte Fertiggerichte.
Ferner herrschte ein Mangel an Handschuhen, Mundschutz-Masken und Desinfektionsmitteln.

Manche Sachen wurden zum 20-fachen und mehr überhöhten Preisen angeboten!

Dann kam noch die Kontaktsperre hinzu, die uns auferlegte doch zu Hause zu bleiben, was natürlich einigen Zeitgenossen sehr schwer fiel.

Weitere Beschränkungen mussten folgten!

So mussten wir auch unseren geliebten Stammtisch ausfallen lassen, was uns sehr, sehr schwer fiel.

Wir konnten nur noch telefonisch in Kontakt bleiben, was aber natürlich nicht die Gemeinschaft ersetzen konnten.

Dies ging über Wochen so!

Unser Rentner Fokko war total frustriert über die harten Einschnitte in seinem Leben! Keine Kontakte, kein Treffen, kein Austausch, keine Reisen, kein Kino- oder Museumsbesuch, ja selbst die Tiergärten waren zu.
Mal von den Geschäften komplett zu schweigen.

Kein Möbelhaus, kein Cafè, keine Eisdiele, Gaststätten, Kneipen, Bars, ja selbst der Baumarkt war geschlossen.
Was aber noch schlimmer für unseren Fokko war die Tatsache, dass selbst der Friseur zu hatte!

Für ihn ein absolutes Unding!

Ich kann ihn ja verstehen, dass er für die holde Weiblichkeit immer wie aus dem Ei gepellt aussehen wollte, aber so?

Er sagte mir noch vor Tagen in einem Telefon-Gespräch, dass er mittlerweile aussehen würde wie damals in den 60er Jahren, als man den Beatles nacheiferte.

Als er dann hörte, dass man sich am 14.5.2020 immer noch nicht treffen konnte, wurde er fast aggressiv!

17

So war auch seine Stimmung mittlerweile. Er stand an der Vorstufe zum Wahnsinn!

Also ließ man sich etwas einfallen!

Da die Gaststätte ebenfalls noch geschlossen war, kam unser Bodo auf die glorreiche Idee, eine Videokonferenz einzurichten.

Dazu brauchte er fünf Räume in denen er einen Tisch mit einem PC ausstattete und mit einem gemütlichen Sessel bestückte. Bier und Korn standen ebenfalls schon bereit. Jeder bekam eine schriftliche Unterrichtung wie man sich in die Videodiskussion einschaltete. Auch die Zugänge wurden so gestaltet, dass man sich nicht begegnen konnte.

Besser ging es nicht mehr!
So konnte der Stammtisch trotz den schwierigen Zeiten von „Corona" stattfinden.

Zwar in einer anderen, für uns natürlich auch neuen Form, aber so konnten wir wenigstens die Zeit der Abstinenz beenden!
Für den ein oder anderen war dies eine Erlösung, um aus der täglichen Zwangsinhaftierung heraus zu kommen. Über sechs Wochen „Knast", dass war schon heftig. Überall lagen die Nerven völlig blank! Wohin sollte das noch führen?

Ich sehe schon manche Schlagzeile in der Zeitung mit den vier großen Buchstaben:

„Frau stach ihren Mann nieder, wegen Corona!"

19

Jetzt könnte man denken, hier ging es um eine Liebschaft, nein da liegt man völlig verkehrt.
Es lag nur an einem kleinen Virus, der alles veränderte!"

Auch die Schlagzeilen in den Gazetten!

Bodo hatte alles soweit vorbereitet gehabt und man brauchte sich nur noch in den Sessel zu setzen, das Mikrofon auf seine Sitzposition einstellen und sein Bier aus der Flasche ins Glas zu schütten. Der Korn war schon entsprechend in kleinen Gläsern ausgeschüttet worden und stand bereit.

Auf dem Bildschirm sah man seine vier Stammtischbrüder und konnte sofort miteinander reden.

Am Anfang war das noch recht ungewohnt, aber nach der allgemeinen, recht fröhlichen Begrüßung und dem ersten Prost löste sich die anfängliche Unsicherheit und man redete munter drauf los.

Paul erzählte wie er jetzt den Schulalltag erlebte:

„Nun, was soll ich euch erzählen?
In den letzten Tagen und Wochen war es noch nie so ruhig an unserer Schule, wie in diesen Zeiten.
Keine Schülerhorden, die wie die Hunnen, die Klassenräume stürmten. Keine Schüler die lärmten, keine Schüler die nicht den Anweisungen folgten, keine Schüler ohne Hausarbeiten.

21

Einfach super!

Aber Paul, warf Fokko ein, wie hast du deine Klasse auf das Abitur vorbereitet?

Da war ganz einfach! Ich habe meinen Schülern per Video, wie wir das heute auch machen, die Aufgaben aufgeben.

Sie konnten diese dann zuhause in aller Ruhe bearbeiten und mir die Auflösungen dann per Mail zusenden, um diese dann zu überprüfen und zu korrigieren."

„Aber was ist, wenn ein Schüler dem nicht nachkam? Was hast du dann gemacht?"

„Eigentlich ganz einfach. Ich habe ihn nochmals daran erinnert, ihm einen Termin gesetzt.

Kam er diesem nicht nach, so gab es halt eine sechs. Dabei konnte man hier sehr deutlich sehen, wer sein Abitur machen wollte, wer bereit war, durch die Abiturprüfung seine Abschluss-Note verbessern wollte oder nicht. Wer also meinte, hier nichts mehr zu tun zu müssen, konnte sicher sein, seine Prüfung total zu vergeigen!

Dies war die beste Gelegenheit eine entsprechende Selektion vorzunehmen, hier konnte ich auf relativ einfache Weise die Spreu vom Weizen trennen.

Was aber viel wichtiger war, ich konnte hier in aller Ruhe noch einmal alle prüfungsrelevante Themen durchgehen, ohne die ständigen Störungen, die im Unterricht vor Ort leider an der Tagesordnung sind.

23

„Glaubst du denn, dass du deine Schüler so durch die Abiturprüfung bekommst, warf Bodo ein."

„Ja, wer hier richtig mitgemacht hat, sich eingebracht hat, der hat in dieser Zeit die beste Vorbereitung bekommen und ich glaube, dass sich alle positiv verbessern."

Bodo: „Könnte dies eine Lernmethode für die Zukunft werden?"

Paul: „Bodo, ich glaube ja, wenn die Voraussetzungen weiter verbessert werden, die Lerninhalte besser darauf abgestellt werden.

Auch ich musste mich neu darauf einstellen.

Es gibt mir aber andere Möglichkeiten die Lernpakete zu lehren, allerdings müssen wir noch an den Ausführungen arbeiten. Aber dies wird ein Prozess, der nicht von heute auf morgen stattfinden kann, da wir alle lernen müssen, mit dieser neuen Art des Lernens zurecht zu kommen!
Sie braucht neue Formen der Übermittlung, aber auch eine andere Moral der Schüler!

Denn wenn die Digitalisierung kommt, dann werden sich auch die Arbeitsbedingen verändern!"

Und darauf müssen wir uns einstellen! Ob wir wollen oder nicht!

„Fokko, du wolltest noch etwas dazu sagen?"

Fokko: „Ja, wie ihr wisst, war ich ja lange Jahre als Reisender unterwegs und ich hätte mir manchmal gewünscht, dass mir diese Technik schon damals zur Verfügung gestanden hätte.

Ich hätte zum Teil sehr viel entspannter arbeiten können, als immer unter einem Zeitdruck zu stehen oder in einem Stau zu stehen und hier kostbare Zeit zu verlieren, die ich anderweitig hätte sinnvoll nutzen können.

Wenn ich dann nur einen kleinen Blick auf die Kostenseite legen würde, dann müsste es jeden Manager schwindlig werden, wenn er die Summen sehen würde, die er einsparen könnte.

Ich hätte mir meine zahlreichen Übernachtungen sparen können, mein Firmenwagen hätte ich wahrscheinlich über 10 Jahre fahren können und was vermutlich viel wichtiger gewesen wäre, ich wäre mehr zu Hause gewesen und meine Ehe wäre nicht in die Brüche gegangen!

So stelle ich mir heute die Frage:

Wie hätte die Digitalisierung mein Leben verändert?"

„Bodo, Fokko und Paul jetzt muss ich mich mal in eure Diskussion einschalten:

„Willi, was meinst du?"

Willi: „Ich bin ja ein Handwerker, ich lebe von meiner Hände Arbeit , was soll mir die Digitalisierung bringen?"

„Streicht mir demnächst ein Roboter die Wände bei meinen Kunden?"

Fokko: „Willi, ich glaube der Gedanke ist gar nicht so weit hergeholt, wie er dir jetzt noch erscheint. Die Zeit wird kommen und du wirst über deinen PC die Arbeit ausführen und die Qualität wird auch besser sein."

Willi: „Das werde ich nicht mehr erleben!" Vielleicht die spätere Generation."

„Bernhard, was sagst du denn dazu?"

Bernhrd: „Bis sich dies bei uns in den letzten Beamtenstuben durch gesetzt hat, werden wir dafür noch Jahre, wenn nicht Jahrzehnte, brauchen.
Die alte Generation der Beamten muss wahrscheinlich erst abtreten, bevor neue Techniken eingeführt werden können.
Denn der Staat hat ja auch entsprechende weitreichende Verpflichtungen uns Staatsdienern gegenüber und die werden wir nicht aufgeben!"

Fokko: „Immer wollen die Beamten eine Sonderregelung für sich und wer denkt an die vielen Rentner, die Jahrzehnte lang sich krumm gemacht haben und nun mit einer Minimalrente auskommen müssen?"

Bernhard: „Fokko, auch wir haben für den Staat gearbeitet!"

Fokko: „Ihr habt mehr euren Hosenboden blank gescheuert als gearbeitet. Ihr seid höchstens zum Feierabend in Hektik gekommen, um keine einzige Minute, ja Sekunde, mehr zu arbeiten oder sie dem Staat zu schenken.

Es heiß ja nicht umsonst:

**„Der Büroschlaf
ist der gesündeste Schlaf!"**

Bernhard: „Dies kann nur einer sagen, der ja nie ein Beamter war!"

Fokko: „Das ist richtig, dafür durfte ich aber oft über 60 Stunden unterwegs sein und Aufträgen hinterher jagen, damit wir euch bezahlen konnten!"

Paul: „Mein lieber Fokko, jetzt tu mal nicht so, als wenn du daran gestorben wärst!"

Willi: „Mein lieber Paul, du tust gerade so als wärst du unersetzlich! Also wenn ich dir da mal eine Sache erzählen soll, die ich vor gut einer Woche erlebt habe, dann musst du dich fragen, welchen Sinn hat eigentlich unser Bildungssystem?"

Paul: „Wieso?

Willi: „Wie du weißt, suche ich noch einen Lehrling, den ich zum Maler ausbilden kann. Du kannst es mir glauben, dies ist mehr als schwierig.

Also, da stellt sich bei mir einer vor, der irgendwas machen wollte, weil es seine Eltern so wollten.

Als ich ihn nach seiner Schulausbildung fragte, sagte er mir, mit geschwellter Brust: Ich habe Abitur! Da habe ich nur bei mir gedacht, oh je, trotz Abitur scheint er aber keine helle Leuchte zu sein. Nach seiner Abiturnote gefragt, schaute er mich etwas fragend an und sagte, eher etwas still: Ich habe mit einer 3,9 mein Abi gemacht!

Na ja, habe ich bei mir gedacht, dann stellst du ihm mal eine kleine, einfache Aufgabe:

Hier hast du einen Zollstock, dort diese Wand sollst du streichen. Rechne bitte deinen Bedarf an Farbe aus, die du für diese Fläche brauchst. Auf einen qm verbrauchst du einen halben Liter.

Dann ließ ich ihn allein!

Nach einer halben Stunde kam ich dann zurück und fragte:
Na, mit wie vielen 1 Liter Dosen Farbe musst du zum Kunden fahren?

Er stand immer noch völlig entgeistert vor dieser Wand und starrte sie an.

Na, was muss du da rechnen, fragte ich ihn erneut.

Er schaute mich fragend an.

Ich sagte dann zu ihm:

„Du streichen Wand mit Farbe. Du mir sagen, wie viel Farbe du haben muss. Du verstehen?"

„Er schaute auf den Zollstock in seiner Hand und holte dann sein Handy heraus und versuchte bei Google eine Lösung zu finden.

Ich konnte es nicht fassen!"

Paul: „Willi, dass muss du verstehen, diese Aufgabe ist auf dem ersten Blick nicht ganz einfach.

Willi: Wie würdest du an die Aufgabe herangehen?"

Paul: „Lass mich mal überlegen?"

„Zuerst müsste man die Fläche berechnen, aber dazu fehlen dir ja noch die unbekannten Werte."

„Also müsste man damit beginnen:

$a = x + b = x = y$

Willi: „Und was heißt das jetzt konkret?"

Paul: „Ja, jetzt muss man ermitteln, was a ist und was b ist, damit man y ermitteln kann."

Willi: „Und wie willst du das bewerkstelligen?"

Paul: „Ja, dass ist hier die Frage!"

Willi: „Mein Gott Paul das ist doch ganz einfach!"

Fokko: „Mit Abitur ist das nicht so einfach!"

Willi: „Also, bei mir ist das ganz einfach?!

Bodo: „So?"

Willi: „Ja, ich nehme den Zollstock, stelle in auf und messe die Breite der Wand.

Sagen wir mal 4 m, also 2 Zollstocklängen a 2m, die dann die 4 m ergeben, nur zum besseren Verständnis. Dann messe ich die Höhe und komme auf 3m, also 1 Zollstocklänge und eine halbe Länge des Zollstocks.

Jetzt rechnen wir, wenn es möglich ist, im Kopf 4 x 3 m, sind bzw. ergeben 12 qm.

Mit einem 1l-Topf Farbe und wenn man einen halben Liter pro qm braucht, kommt man mit einem Topf 2 qm weit.
Das kann man dann auch im Kopf ausrechnen, in dem man dies wie folgt macht: 12 geteilt durch zwei, ergibt sechs! Also braucht man sechs Dosen Farbe.

Also da brauche ich nicht mit a und b und y anfangen!

Paul: „Fokko, dass verstehst du nicht, dass ist höhere Mathematik."

Fokko: „Paul, gut das du mir das sagst. Jetzt begreife ich auch endlich, wie man man heute rechnet!"

Willi: „Paul, jetzt habe ich das auch verstanden.

„Allerdings, wenn ich nach deiner Methode rechne, dann müsste mein Preis nicht mehr bei 10,55 € auf dem qm liegen, sondern bei 105,50 €, da ich immer bei meinen Rechnungen das x und das y vergessen habe!

Paul: „Das wäre ja wesentlich teurer als bisher!"

Willi: „Paul, dass du das bemerkt hast, ist ja schon fast ein Geniestreich!"

„Paul: „Willi, auf dem Arm nehmen kann ich mich selbst."

Fokko: „Willi, wie ist es dann weiter gegangen mit deinem eventuellen Azubi?"

Willi: „Er versuchte verzweifelt über Google eine Lösung zu finden. Völlig hilflos stand er dort vor der Wand.

Ich sagte dann zu ihm:

Du messen Wand mit Zollstock, was du haben in deiner Hand. Ihr werdet es nicht fassen! Mühsam bückte er sich und nahm den Zollstock und fing an zu messen. 20 x 20
unten 20 x 20 x 20 und nach oben 20 x 20 x 15. Das macht?
Dann suchte er seine Rechenfunktion im Handy und gab den Wert ein. Bei der ersten Rechnung kam 8000 und bei der zweiten Rechnung 6000 raus.

Dann zog er beide zusammen und kam auf 14000 qm.

Aber irgendwie kam ihm die Zahl spanisch vor, denn seine Wohnung hatte ja nur 60 qm! Und die Wohnung war ja deutlich größer als diese Wandfläche.

Er überlegte hin und her.

Nach einer Stunde hat er immer noch keine Lösung gefunden! Ich stellte ihm einen Stuhl hin, dass er bequem saß und sich weiter dem Problem widmen konnte.

Paul: „Das nenne ich vorbildlich!"

„In der Zwischenzeit packte ich meinen Wagen und fuhr nach Friedeburg, um dort eben zwei kleine Fassaden zu streichen, von ungefähr 250 qm.

Als ich wieder in meine Werkstatt zurück kam, saß er dort immer noch und war keinen Schritt weitergekommen. Neben ihm stand ein Mann, sein Vater, wie es sich später herausstellte.

Er ging mich sofort an, wie ich seinem Sohn eine solch schwierige Aufgabe stellen könnte, an der er fast verzweifelte.

Ich sagte: Mein lieber Herr, dass ist mein tägliches Brot.

Ihr Sohn, versucht jetzt seit fünf Stunden den Bedarf auszurechnen, den er für diese Fläche braucht. Ich weiß nicht wozu er das braucht.

Soll er sich doch 20 Dosen mitnehmen, dann wird er doch damit hinkommen.

So kann man das auch sehen! Aber, jetzt stellen sie sich mal vor, wenn ich oder ihr Sohn diese Arbeit für sie ausführen müsste. Was müssten sie dann bezahlen?
Bei mir würden sie für diese Fläche 126 Euro bezahlen.

Wenn ihr Sohn dies berechnen müsste, dann dürfen sie rund 420 Euro plus die Zeit, die ihr Sohn für die Berechnung der Fläche braucht, sagen wir mal fünf Stunden a 15 Euro, was ja nicht viel ist, macht dann insgesamt 495 Euro aus.

Wären sie bereit, dies zu bezahlen?

Ich glaube sie spinnen!

Sehen sie und daher ist ihr Sohn für diese Aufgabe und Ausbildung leider nicht geeignet. Lassen sie ihn lieber Beamter werden."

Da meldete sich Bernhard zu Wort.

„Also Willi, wie kannst du dem armen Jungen eine so schwierige Aufgaben stellen?" Da scheitert doch jeder vernünftige Beamte daran, ohne eine entsprechende Vorlage oder Anweisung."

Willi: „Bernhard, ich weiß ohne eine Dienstanweisung läuft bei euch ja nichts. Da wird ja jedes Denken ausgeschaltet."

Bernhard „Daher macht ja auch ein Beamter keinen Fehler!"

Willi: „**Wer glaubt wird selig!**"

Fokko: Ja, mit unserem Bildungssystem geht es immer weiter bergab. Jetzt will man, dass die Schüler selber entscheiden können, was sie lernen wollen. Es gibt keine Regeln mehr. Alles soll auf Freiwilligkeit laufen. Wie will man da noch Wissen vermitteln?

Oder heißt lernen jetzt: Schau nach, bei Google?

Paul, du sagst ja gar nichts mehr? Was ist los?"

Paul: „Ich denke immer noch über die Aufgabe nach, die Willi gestellt hatte. Eine verdammt verzwickte Aufgabe."

44

Fokko: „Paul, ich kann dir die Lösung sagen, aber das wäre ja zu einfach!"

Fokko: „Bodo, du hast dich bisher noch nicht dazu geäußert! Was denkst du darüber?"

Bodo: „Ach Fokko, ich bin froh, dass ich mit der ganzen Schule nichts mehr an Hut habe. Ich weiß, dass zwei und zwei vier ergeben, dass ich meinen Namen schon schreiben kann, anstatt ihn nur tanzen zu können. Ich habe einen schönen und interessanten Beruf. Ich kann Menschen helfen und damit bin ich glücklich.

Was will ich mehr?"

Willi: „Aber Bodo, etwas muss es doch geben, was dich antreiben kann, mehr zu erreichen?"

Bodo: „Ja, meine Frau!"

Fokko: „Ja, wenn ich mich so in der Welt umschaue, dann sehe ich überall in der Welt den Bildungsnotstand.
Ich brauche nur „dem" im Westen zu sehen, der mit dem Eichhörnchen tanzt, oder nach dem fernen Osten, wo einer mit dem Wolf tanzt. Aber wo wird man nicht von bildungsfernen Politiker regiert?

Schaut euch doch um!

Es gibt viele Beispiele dafür.

Aber das schlimmste ist, viele laufen diesen angeblichen „Heilsbringer" blind hinterher, als wenn er der „Leibhaftige" wäre. Viele haben es leider verlernt, sich eigene Gedanken zu machen. Sie lassen sich lieber von Medien verführen. Denen wird alles geglaubt, was sie vermelden.

Dies gab es schon immer. Dabei brauchen wir gar nicht soweit in der Geschichte zurück gehen!

Wir brauchen nur 75 Jahre und einen Monat zurück zu gehen, als man noch an Meldungen glaubte, dass der Sieg kurz vor der Türe steht. Zu diesem Zeitpunkt hatte sich die „Führung" schon aufgelöst gehabt!

Paul: „Fokko, lehnst du dich da nicht sehr weit aus dem Fenster?"

47

Bodo: „Paul ich glaube Fokko hat damit nicht so unrecht. Denn vieles wird heute einfach nachgeplappert, ohne den Sinn zu verstehen. Hauptsache dies ist eine schlagkräftige Parole!"

Fokko: Bodo, da gebe ich dir recht. Wir sind oberflächlich geworden, wir nehmen alles hin, ohne sich selbst mit dem Thema zu beschäftigen."

Bernhard: „Das sieht man ja heute, ganz besonders in Krise von Corona! Jeder fühlt sich eingeschränkt, jeder fühlt sich in seinen Rechten beschnitten!

Wie kommen die Leute nur darauf?

Wir haben eine gesundheitliche Krise und die müssen wir eindämmen und dies geht nun mal nur mit einer gemeinschaftlichen Anstrengung. Das ist zwar schwierig, aber leider notwendig. So konnten wir auch nur zum Teil unseren wichtigen Aufgaben im Amt nachkommen. Noch nie musste ich so viel telefonieren und Auskünfte geben, wie in den letzten Wochen. Und dann die ganze Arbeit, die dadurch liegen geblieben ist."

Willi: „Moment mal, mein lieber Bernhard.
Da muss ich dir aber widersprechen! Ich habe letzte Woche versucht einen Mitarbeiter auf euren Amt telefonisch zu bekommen.

Einfach nicht möglich! Ich habe es den ganzen lieben Tag versucht. Immer hieß es: Unser Mitarbeiter ist im Gespräch!
Unser Mitarbeiter, die Betonung liegt auf „unser". Hat da bei euch nur einer gearbeitet?

Notgedrungen habe ich gegen 16 Uhr aufgegeben und es dann schriftlich gemacht."

Bernhard: „Das kann nicht sein, da alle Mitarbeiter im Amt waren. Vielleicht war an diesem Tag gerade in dieser Abteilung die Hölle los!"

Fokko: „Bernhard, du kennst doch den Spruch:

„Wer arbeitet im Büro eines Beamten?"

„Der Zeiger der Uhr!"

„Bernhard: „Echt witzig, Fokko!"

Fokko: „Also jetzt muss ich mal eine Lanze für die Rentner brechen!
Wer hat in den letzten Wochen am meisten unter der Corona - Krise leiden müssen – natürlich wir Rentner!"

Alle im Tenor: „Hört, Hört!"

Fokko: „Ja, da könnt ihr sagen was ihr wollt – uns hat es am meisten und am schwersten getroffen."

Alle: „Wieso das denn?"

Paul: „Wieso stehen die Rentner so schlecht da, dies solltest du und mal näher erläutern."

Bodo: „Ja, das möchte ich auch von dir wissen, mein lieber Fokko! Das interessiert uns sehr, da wir ja auch bald in den Genuss kommen, unsere „üppige" Rente zu erhalten."

Fokko: „Also das ist so! Du bekommst deine Rente, die ja nicht gerade üppig ausfallen dürfte, mein lieber Bodo.
Denn der Staat beschneidet deine Bezüge auf rund 42% deiner jetzigen Bezüge, während Beamte 67% erhalten. Dabei werden manche Beamte in den letzten beiden Dienstjahren noch mal eben befördert, was ja auch eine ordentliche Steigerung mit sich bringt. Hier spielt Leistung keine Rolle. Hier kann man überspitzt sagen:

Vater Staat kümmert sich rührend um seine

„Schlafmützen der Nation"!

Du bekommst dann deine Rente und wenn du Pech hast, dann darf du diese auch noch versteuern, was dein Einkommen weiter schmälert. Dazu kommen noch Abzüge für Kranken- und Pflegeversicherung, die rund 12% ausmachen.
Also kannst du von einem Abzug ausgehen der rund ¼ ausmachen wird!

So wird deine Rente schon geschmälert, bevor sie dein Konto überhaupt erreicht. Und jetzt in Zeiten von Corona merkst du dies ganz besonders!

Komisch, in Zeiten einer Grippewelle, in der auch viele Menschen starben, kam keiner auf die Idee Sachen zu hamstern, wie zum Beispiel: Klo-Papier, Seife, Nudeln, Mehl, Fertiggerichte und, und...!
Das wurde ja so schlimm, dass man selbst Desinfektionsmittel, was eigentlich eher ein Ladenhüter war, leer kaufte.

Wenn man also einkaufen ging, stand man vor leeren Regalen!
So waren wir gezwungen uns mit den teureren Produkten einzudecken, was oft bis zu 15% an Mehrkosten verursachte. Dann schossen die Preise für Obst und Gemüse um locker 10% in die Höhe und ein Ende ist noch nicht in Sicht!
Dann kam noch eins hinzu, die Vorschriften über die Hygiene.

Plötzlich schossen auch hier die Preise in exorbitante Höhen!

Allein diese Situation brachte manchen Rentner in schwere Nöte und beschränkten gewaltig seine Lebensqualität. Da wurde das Wenige was man noch hatte, einen auch noch genommen!

Jetzt bekommt jeder Hinz und Kunz, der etwas kräht, wie schlecht es ihm doch geht, weitreichende Staatshilfen!

Automobilfirmen, die im letzten Jahr damit geprahlt haben, welch gute Geschäfte sie gemacht haben, wollen heute Geld vom Staat, weil sie es nicht schaffen, neue Kundenkreise zu erschließen, neue Kaufanreize zu kreieren, neue Märkte aufzumachen und neue marktgerechte Innovationen zu entwickeln.

55

Nichts davon fällt den Managern dazu ein, als Vater Staat zu bitten, unsere Steuergelder ihnen zu geben, damit sie ihre alten Produkte weiterverkaufen können! Und das man den Aktionären eine tolle Dividende ausschütten kann, damit sie nicht so unter der Krise leiden müssen.

Und was bekommen wir?

Nichts!

Im Gegenteil, wir müssen Einbußen hinnehmen und dürfen dann auch noch mehr für den Alltag ausgeben.

Je weiter ich darüber nachdenke, merke ich, wie langsam meine Galle überläuft.

Aber dies ist ja noch nicht das Ende, nein es geht ja weiter! Nur noch ein weiteres Beispiel zu nennen, was für viele andere Bereiche auch gilt:

Der Friseur!

Jetzt haben die Friseure mal eine kleine Pause gehabt und dürfen wieder ihren Salon öffnen, schon werden die Preise erhöht!
Ach was haben diese gejammert! Wie schlecht es ihnen ging!
Anstatt froh zu sein, seine Kunden wieder zu bedienen, werden diese jetzt erst einmal abgezockt!

Aber das ist ja noch nicht alles.

Nein, man ist dann noch hergegangen und hat es zur Pflicht gemacht, dass bei einem Haarschnitt auch noch eine Haarwäsche gemacht werden muss!

Diese kostet natürlich etwas! Man braucht ja Wasser, Shampoo, Handtuch und ein mehr an Arbeitszeit – dies muss ja natürlich berechnet werden. In meinem Fall macht das 6 Euro aus und bedeutet für mich eine glatte 40%ge Erhöhung meiner Kosten!

So versucht jeder schnell seine Kostenseite zu verbessern. Dies wird auch bei den Cafès, den Gaststätten und in vielen anderen Bereichen geschehen!

Dies geht alles zu unseren Lasten und nimmt uns das kleine, alltägliche Vergnügen, was wir noch haben!"

Bodo: „Ich kann dich sehr gut verstehen Fokko, aber wie siehst du das Willi, als Selbstständiger Malermeister?"

Willi: „Um eines einmal vorweg zu sagen: Ich habe keinerlei Hilfen beantragt!"

Paul: „Wie hast du denn dann die Zwangspause der Untätigkeit überstanden oder musst du diese noch aussitzen?"

Willi: „ich habe mich an den Ratschlag meines Vaters gehalten, in guten Zeiten immer etwas für die schlechten Zeiten zurückzulegen! Das habe ich immer getan!
Und dies hilft mir jetzt über diese Krise hinweg.
Aber dennoch habe ich keine Langweile gehabt.

Ich habe meine Ideen umgesetzt, da ich jetzt die Zeit dazu hatte!
So habe ich mein Ladengeschäft neu gestaltet, zwei Musterräume neu aufgebaut, einen Werkraum hergerichtet, habe die Fassade meines Betriebes und Hauses gestrichen.

Das war dann auch gleich ein Übungsfeld für meine beiden Gesellen, um ihre Fähigkeiten zu überprüfen und ihr Wissen zu festigen.

Gleichzeitig habe ich mein Sortiment ausgeweitet und hier kann ich mich vom Handel absetzen, da meine Kunden von mir eine erstklassige Beratung erhalten.

Dazu können sie gleichzeitig in einem separaten Werkraum ihre Fähigkeiten unter Anleitung testen!
So gesehen war die Zwangspause ein Segen für mich!

Darum verstehe ich viele nicht, dass sie jetzt jammern! Wo ist ihr Verdienst geblieben, den sie erwirtschaftet haben? Oder arbeiten die alle umsonst? Dann wäre es doch sinnvoller, sie würden ihre Läden schließen!

Aber es ist ja einfacher nach Hilfen zu schreien, als sich selber Gedanken zu machen, wie ich, um mit neuen Ideen meinen Laden oder auch Betrieb sichern kann und zu neuen Einnahmequellen zu führen.

Dazu sollte auch die Digitalisierung gehören! Man muss sich einfach den neuen Bedingungen stellen.

Dafür gibt es viele tolle Beispiele!
Aber sie finden kaum eine Erwähnung in den Medien!
Nein, man zeigt eher die Leute, die klagen wie schlecht es ihnen geht, während in der Garage der neue Porsche Cayenne steht.

Eben wurde das Beispiel des Autoherstellers angeführt, der trotz Milliardengewinne und Milliarden, die er in den Sand gesetzt hat, durch Betrügereien im Motorenbau und jetzt Staatshilfen fordert!

„Die sollte man ihm nicht gewähren!"

Man sollte lieber fordern, dass man jetzt die große Chance hat, mit neuen Visionen und Modellen, den neuen Anforderungen gerecht wird.

Wo sind die Denker, die ganz realistisch und praktikabel neue Ideen umsetzen?

Wo sind sie?

Denn ein weiter so, wird es nicht mehr geben!

Fokko: Willi, dein Ansatz ist völlig richtig! Dabei stelle ich mir folgende Fragen:

Warum wird der öffentliche Nahverkehr nicht ausgebaut?

Warum bringt man nicht die Digitalisierung nicht voran?

Warum wird die Energiewende nicht weiter gefördert?

Warum wird die Entwicklung neuer, sparsamerer Benzin freier Automobile nicht gefördert?

Warum tun wir uns so schwer mit neuen Entwicklungen, wie das Heimbüro oder das Lernen von zu Hause aus?

Fehlt es uns an Disziplin?

Arbeiten wir lieber nach der Stechuhr oder wollen wir lieber flexibel arbeiten?

Arbeiten wir lieber stur nach der Uhr, ob Arbeit anliegt oder nicht?
Oder wollen wir die Freiheit haben, flexibel auf den Arbeitsanfall zu reagieren?

Gleichzeitig sollten wir auch daran denken, dass viele Firmen mittlerweile global tätig sind, wird es halt auch unterschiedliche Arbeitszeiten geben müssen, um Anfragen schnell zu bearbeiten! Das heißt: 24 Stunden muss der Betrieb erreichbar sein! Bedeutet aber auch, dass man in drei Schichten arbeiten muss!

Wir werden immer mehr vernetzt werden, was bedeutet, man wird überall und zu jeder Zeit erreichbar sein!
Unsere Arbeitswelt wird sich verändern und zwar gewaltig!

Sie fängt gerade damit an!

Manch ein Manager beginnt schon an zu rechnen:

Wenn mein Mitarbeiter von zu Hause arbeitet, kann er die Zeit , die er für den Anfahrtsweg von zu Hause zum Betrieb ja spart, schon einmal für den Betrieb arbeiten! Gehen wir von einen Weg von einer halben Stunde morgens aus, bedeutet dies bei 220 Arbeitstagen 110 Stunden = 13,75 Arbeitstagen zu 8 Stunden!

Wenn man jetzt perfide rechnet und den Heimweg noch hinzu nimmt, dann käme auf 27,5 zusätzliche Arbeitstage, was dann schon einem Jahresurlaub entsprechen würde!

Für den Mitarbeiter könnte man dies als Vorteil auslegen, wenn er von zu Hause aus arbeitet:

Kein Stress mehr am Morgen und am Abend!

Er kann seine Arbeitszeiten flexibel einteilen!

Er braucht nicht mehr zu den zahlreichen Besprechungen fahren!

Zeit- und Kostenersparnis!

Das Arbeiten wird entspannter!

Ich weiß wovon ich spreche!

Ich habe fast 30 Jahre von zu Hause aus gearbeitet. Ich kann mich noch erinnern an mein erstes Homeoffice.

Es war untergebracht in einem Kleiderschrank im Schlafzimmer unserer 2 Zimmer-Wohnung von 60 qm mit einem Kind. Später sogar mit 2 Kindern.

Es ging!

Oder haben wir es verlernt, unsere Kinder zu erziehen? Müssen wir sie immer anleiten etwas zu tun. Müssen wir immer dabei sein?

Kinder können auch herrlich allein spielen. Sich mit etwas beschäftigen! Aber wir dürfen nicht immer wie eine Glucke über die Kinder wachen!

So können sie nie selbstständig werden und auch Verantwortung übernehmen!

Bernhard: „Das ist mir zu radikal! Wir müssen dies ganz langsam angehen und dürfen nicht über das Ziel hinaus schießen! Denn sonst werden wir von der Entwicklung überrollt."

Willi: „Wir müssen uns alle etwas zurücknehmen.

Wir müssen unsere Umwelt schützen. Wir müssen wieder erkennen, dass uns die kleinen Dinge des Lebens bereichern und nicht das Große, das Gewaltige uns beglückt.
Aber wir sind Egoisten geworden!
Für viele gibt es nur ein Ziel:

Größer, weiter, höher!

Nur noch das eigene „Ich" zählt!
Ich will..., ich möchte..., ich kann das..., ich darf das...!

Fokko: „Ja Willi, da hast du einen ganz wichtigen Punkt angesprochen.

Gerade jetzt in dieser Krise sind viele der Meinung:

Isoliert die „Alten", denn sie sind eine relativ große Risikogruppe, die **uns** die Freiheiten nehmen, die wir brauchen!
Was muss das für ein Hirn sein, der so etwas überhaupt ausspricht.

Einer ging sogar noch einen Schritt weiter:

Man sollte alte Leute nicht mehr beatmen, da sie so oder so in der nahen Zukunft den Löffel abgeben würden.

So könnte man das Gesundheitssystem und das Rentensystem stabil halten.

Wisst ihr was dies bedeuten soll?

Dies würde für uns alle, die hier heute zusammen sitzen, bedeuten, dass sie mit 60+ aussortiert werden, obwohl sie zum Teil noch voll im Arbeitsleben stehen, sollen sie sich aus dem Leben zurück ziehen und auf dem Tod warten dürfen.

Das kann ich nur noch eines sagen:

Ich wünsche ja keinem etwas schlechtes, aber in diesem Falle:

Herr X, es tut uns ausgesprochen leid, aber in ihrem Falle macht eine weitere Behandlung keinen Sinn mehr, sie an eine lebenserhaltende Maschine anzuschließen.
Sollen wir ihnen etwas geben oder wollen sie lieber warten, bis es soweit ist?

Denn eigentlich bräuchten wir ihr Bett für einen zahlungskräftigeren Patienten, daher wäre die erste Möglichkeit, die wir ihnen vorgeschlagen haben, für alle Parteien von Vorteil!

Zynischer geht es nicht mehr!

Aber mit den „Alten kann man ja so umgehen!"

Stellt sich keiner mal die Frage:

„Was ist, wenn meine eigene Kinder einmal so denken würden?"

Eigentlich müssten wir „Alten" auf die die Straße gehen und für unsere Freiheit kämpfen! Warum tun wir es nicht?

Es ist doch eine bedeutsame und verdammte, notwendige Verpflichtung, dass die Maske zum Schutz für uns „Alten" getragen werden müssen! Sind denn nicht schön genügend alte Menschen, die in Heimen leben, an dem herein geschleppten Virus getötet worden?

Wer klagt denn die an, die dies verschuldet haben? **Keiner!** Dabei haben sie einen mehrfachen Mord auf dem Gewissen!

Drüber sollten die Schreier einmal nachdenken! Wenn die Gehirnleistung dafür reicht!

Bodo: „Hör mal Fokko, weiß du was mir am meisten fehlt? Das ist der Sport am Samstagnachmittag! Zuerst den im Radio und dann im Fernsehen.

Also wenn man schon zuhause bleiben muss, dann sollte es wenigstens Sport im Fernsehen geben. Oder was meint ihr?"

Paul: „Also, ich bin der Meinung, dass man einen Mannschaftssport in diesen Zeiten nicht ausspielen sollte, da dies einfach zu gefährlich ist. Da stellt sich für mich gleich die nächste Frage:

Was geschieht in einem Liga-Spiel, wenn dort ein Spieler positiv getestet wird?

Wird nur der Spieler ausgeschlossen oder dann gleich die ganze Mannschaft?

Wird die Mannschaft auch weiterhin an der Meisterschaft teilnehmen können?

Oder gar ausgeschlossen werden?

Wie soll dies in einer Meisterschaft geschehen?

Was ist, wenn ein Trainer auf den irrsinnigen Gedanken kommt, infizierte Spieler einzusetzen, um seine Mitbewerber auszuschalten?

Bernhard: „Das sind ganz schwierige Fragen! Wie will man damit umgehen? Oder steht, wie immer, dass Geld im Vordergrund? Wie so oft?
Ich wäre in diesem Falle sehr, sehr vorsichtig! Fokko, wie siehst du das?"

Fokko: „Ich sehe es ebenfalls sehr problematisch bereits jetzt mit einem Spielbetrieb zu beginnen.

75

Dazu gibt es einfach zu viele Unwägbarkeiten, die man einfach nicht abschätzen kann.

Willi: „Na ja, Sport wäre schön, aber unter diesen Voraussetzungen?

Ich weiß es nicht?"

Ich frage mich manchmal, hat keiner der Kaufleute es gelernt, dass man Gelder aus den guten Zeiten zurück legen sollte für schlechte Zeiten?
Muss man alles bis zum letzten Cent ausgeben? Für was? Für einen Spieler der noch nicht bewiesen hat, ob er dem Verein weiterhelfen kann?

Warum kann man hier nicht das „Leistungsprinzip" anwenden?

Ist die Mannschaft erfolgreich gibt es eine Sonderregelung, sonst gibt es nur ein Grundgehalt."

Bodo: „Es wäre doch ein tolles Zeichen, wenn die Spieler hergehen würden, um ihre Vereine zu helfen, auf 50% ihres Gehaltes verzichten würden. Denn sie verdienen immer noch mehr als ein hoch bezahlter Manager in der Wirtschaft!"

Paul: „Dazu wird es nicht kommen, da sich jeder selbst der Nächste ist."

Fokko: „Aber bei allen Diskussionen, Protesten und weiß Gott nicht was, haben viele es noch nicht begriffen, welche Gefahr von diesem Virus ausgeht.

Dabei haben wir in Coesfeld ein Paradespiel wie schnell sich Corona ausbreiten kann. Hier haben sich die Zahlen innerhalb von zwei Tagen verdreifacht!
Sollte uns dies nicht zu denken geben?
Oder über 40 Tote in einem Pflegeheim!
Für manche spielt dies scheinbar keine Rolle! Sie wollen ihr Recht haben und durchsetzen, wenden sich an die Presse, in der Hoffnung, dass diese mitzieht und so weitere Begehrlichkeiten schürt.

Da beschwerte sich eine Frau in einer Fragestunde bei Herrn Weil, dass sie nicht ihre Mutter besuchen dürfe, die in einer Pflegeeinrichtung liegt.

Ich kann es verstehen, dass ist schwer, aber man muss auch abwägen, macht man die Pflegeeinrichtung auf und 14 Tage später, beklagt man 60 Infizierte oder gar die ersten Toten.

Ist das was man will?

Paul: „Man muss auch einmal die andere Seite der Münze sehen. Hier auf der einen Seite der übermächtige Wunsch nach Besuchen seiner Liebsten und auf der anderen Seite steht das Gebot, die Sicherheit für die anderen Besucher und aber auch für das Pflegepersonal und nicht zuletzt für die Insassen der Einrichtung.

Dabei stellt sich für mich die andere Frage:

„Warum haben diese Leute ihre Liebsten in ein Pflegeheim gebracht und pflegen ihre Angehörigen nicht zu Hause? Eine Frage, die jeder der jetzt meckert, sich mal stellen sollte!"

Bodo: Ich arbeite ja in diesem Bereich und keiner macht sich einmal Gedanken, wie schwierig hier unsere Arbeit ist.
Wenn wir ausfallen, dann bleibt die Arbeit, in diesem Fall die Pflege, ganz einfach liegen! Es gibt keine Reserve-Einheit die parat steht, um im Notfall einzuspringen! Wenn dies aber geschieht, dann richtet sich der ganze Zorn und Wut auf uns. Nicht auf die, die es verursacht haben!

„Das ist leider Fakt!"

Fokko: „Ich könnte ja jetzt sehr zynisch daher kommen!

Aber dies wird manchen nicht gefallen, da bin ich mir sicher!
Nehmen wir einmal gesetzt den Fall an:
Ein Besucher ist infiziert, hat keinerlei Beschwerden und trägt das Virus ins Pflegeheim hinein.
Gibt es überhaupt eine Garantie, dass dies nicht vorkommen kann?

Bernhard: „Vermutlich nicht!"

Fokko: „Spinnen wir die Sache einfach weiter. Das Virus wird weitergegeben an das Personal, an den Angehörigen und breitet sich voll aus! Die ganze Einrichtung wird stillgelegt und was ist dann?

Bernhard: „Dann will es keiner gewesen sein!"

Fokko: „Daraufhin wird es hinaus laufen.
Aber man könnte ja einen ganz besonders fiesen Gedanken haben:
Ich trage das Virus in das Heim und wenn ich Glück habe, dann kann ich in einem Monat das Erbe meines Angehörigen antreten und dann geht es mir gut!"

Paul: „Fokko, dass ist aber ein sehr fieser Gedanke!"

Fokko: „Ist der so abwegig?"

Bodo: „Also ausschließen kann man nie etwas!"

Paul: „Im Moment spricht alles nur von Corona, dabei sind andere Themen völlig in den Hintergrund geraten.

Wie zum Beispiel der Umweltschutz, oder die Lage der Flüchtlinge, die zahlreichen Kämpfe in den Krisengebieten in der Welt.
Gerade die Medien stürzen sich nur auf das Thema „Corona". Das Schlimme daran ist, dass diese Medien sich gegenseitig übertrumpfen wollen und jeder der etwas dazu sagen will, ob es sinnvoll ist oder nicht, bekommt seine Plattform.
Da werden Erwartungen geschürt, da werden Sehnsüchte angeheizt, da wird das gezeigt, was man zur Zeit nicht machen kann.

Da werden Berichte gezeigt, wie schlecht es den Menschen geht, wenn sie mal zuhause bleiben müssen!

Da wird erzählt, dass einem die Decke vor lauter Langweile auf den Kopf fällt!

Einer erzählt, er leide schon durch Corona an schweren depressiven Erscheinungen.
Hier möchte man sagen: Geht arbeiten! Das hilft dagegen! Und wenn euer Betrieb Kurzarbeit macht, dann geht als Erntehelfer auf das Land, an der frischen Luft – da bekommt ihr keine Depressionen mehr und gleichzeitig könnt ihr euren beschränkten Horizont erweitern!

Und genau diese Typen schlagen dann im nächsten Satz vor:

Ihr müsst die Risikogruppe „Die Alten" halt einsperren, damit wir unser Leben leben können!

Fokko: „Man kann einen solchen Satz nicht begreifen! Was soll ich zum Beispiel dazu sagen:

Ich bin Rentner, gehöre auch zur Risikogruppe und bin noch besonders geschädigt durch eine Amputation. Damit bin ich schon seit mehr als acht Wochen nicht mehr vor das „Loch" gekommen und habe seit dieser Zeit keinen Kontakt zu meiner Außenwelt gehabt.

Alle Termine wurden abgesagt, selbst auch die notwendigen Arzttermine.

Ich bin verdammt zur absoluten Kasernierung.

Einkäufe fanden nicht mehr statt. Andere gingen für mich einkaufen und was war:
Viele Sachen die du als Selbstversorger dringend nötig hast, gab es nicht mehr! Selbst das Toilettenpapier gab es nicht mehr, ganz zu schweigen von den Fertiggerichten.
Darüber haben sich manche überhaupt keine Gedanken gemacht.
Selbst das Fernsehprogramm strotzte nur so von Wiederholungen.
Manche Filme liefen in fünf anderen Programmen! Als wenn man uns schon für so senil hält, dass man den Film mindestens fünfmal zeigen muss, damit wir den verstehen können.

Und dann die ständige Werbung!

Wenn ich nicht mehr raus gehen darf, dann brauche ich auch keine Werbung!

Trotz all dieser Widrigkeiten habe ich keinen Lagerkoller bekommen oder meine Einrichtung zertrümmert oder gar eine Depression!

Ganz im Gegenteil! Ich genieße diese Ruhe, kann in aller Gemütlichkeit meinen Hobbys nachgehen.

Und wenn das Wetter mal trüb und kalt ist, dann ziehe ich mich einfach in eine Ecke zurück und lese ein Buch, habe Zeit neue Ideen zu spinnen. Und wenn ich einmal einfach nur faulenzen möchte, so sage ich zu mir:

Morgen ist auch noch ein Tag!

87

Der Wirt: „Meine liebe Stammtischrunde ich störe euch ungern bei euren wichtigen Gesprächsthemen, aber wollte ihr noch etwas trinken?

Willi: „Dann mach mal eine Runde für alle fertig!"

Alle: Danke Willi, danke, danke, danke Willi!"

Bodo: „Mal in die Runde gefragt: Wie findet ihr die Idee mit der Videokonferenz?"

Paul: „Also die Idee finde ich gut. Auch wenn wir dadurch noch getrennt sind, ist es schön, dass wir uns wenigstens so einmal sehen können! Aber eines fehlt doch: Die Gemütlichkeit in unserem Kaminzimmer!"

Bernhard: „Ja, dass stimmt. Aber so geht das auch!"

Fokko: „Also ich finde das super. Das könnte auch eine Möglichkeit für Senioren sein, um mit ihren Lieben im Kontakt zu bleiben und so an deren Leben teilzuhaben. Man könnte dies ja zu ganzen Gesprächsgruppen ausbauen und könnte so viele aus ihrer Lethargie reißen. Willi, was sagst du dazu?"

Willi: „Nun, ich denke hier weiter. Mit dem Einsatz dieser Technik, könnte man das Wissen der Senioren und ihre Erfahrungen an die junge Generation weitergeben. Ja, sogar an die Schüler zum Beispiel in den Fächern Deutsch, Geschichte, Lesen und Mathematik, um hier zu helfen!

Fokko: „Aber lieber schiebt man uns „Alte" ab, meint es mit einem Besuch einmal im Jahr habe man seine Pflicht getan, dabei haben wir so viele Erfahrungen in unserem Leben gemacht, haben unser Land zu dem gemacht, was es heute ist! Aber heute sind wir nur Ballast und daher will man uns lieber einfach wegsperren! Früher gingen wir auf`s Altenteil, blieben aber in unseren Familien.

Da waren wir voll mittendrin im Leben.

„Heute?"

„Abgeschoben und vergessen ins Heim!"

Vielleicht mal ein bis zwei Besuche im Jahr, dass muss reichen, um sich zu vergewissern, dass man noch lebt!

Vielleicht sind deswegen so viele dafür, dass man die Pflegeheime öffnet für Besuche, damit das Virus seine Arbeit machen kann und man so schneller an das Erbe kommt! Wer weiß das schon?"

Bernhard: „Fokko, du denkst aber doch etwas sehr negativ über die Leute! Oder?"

Fokko: „Nein, die Menschen sind heute leider so!
Jeder ist sich selbst der Nächste!
Diesen Satz kannst du mittlerweile auf fast alle Bereiche des Lebens anwenden.

Gerade in der Krise lernst du die Menschen am besten kennen!"

Paul: „Ja, ich als Lehrer muss sagen, dass viele Werte, die uns früher stark gemacht haben, heute nicht mehr gibt. Heute ist es mehr als schwierig, den jungen Leuten Werte zu vermitteln, die das Leben einfacher und lebenswerter machen würden, aber was ist heute?

Heute heißt es eher:

„He Alter, verpisst dich, du hast mir nichts zu sagen!
Klar?

Oder sonst bekommst du eins auf die Fresse!"

So wird heute geredet! Einfach nur noch traurig!"

Bodo: „Paul, da macht das Lehren ja überhaupt keinen Spaß."

Paul: „Ja, Bodo da hast du Recht, es ist enorm schwierig geworden, deinen Schülern auf den richtigen Weg zu bringen.

Nur ein kleines Beispiel aus der Praxis heraus – gerade zu Zeiten von Corona:

Ich habe meinen Schülern angeboten, die kurz vor dem Abitur stehen und wo es kein Schulunterricht gab, einen visuellen Unterricht zu machen, um die Möglichkeit zu nutzen, den Stoff für die Klausur zu vertiefen."

Fokko: „Das war ja ein super Angebot für deine Schüler und wie haben sie es angenommen?"

Paul: „Ganze sechs Schüler haben das Angebot genutzt!

Willi: „Das ist beschämend!"

Paul: „Ja, dass kannst du laut sagen! Die Schüler, die hier mitgemacht haben, hätten dies am wenigsten nötig gehabt!

Aber alle anderen haben lieber gechillt!
Oder sind für die Absage der Abi-Klausuren eingetreten und wären mit der Jahresnote zufrieden gewesen!"

Willi: „Ich glaube, da macht sich das manch einer zu einfach!

Denn viele Firmen werden dazu übergehen, bei Einstellungen von Bewerbern, wieder Eignungstests einzuführen, um die Spreu vom Weizen zu trennen.

Da wird sich dann manch einer sich noch schwer umschauen, wenn er eine Absage erhält!"

Paul: „All das können sie denen bis zur Vergasung erzählen, aber dies wird mit einer lässigen bez. lästigen Handbewegung abgetan!"

Fokko: „Heute denkt jeder, ein bisschen am PC zu spielen reicht aus, um das große Geld zu machen! Aber damit bekomme ich keine solide Basis für das Leben."

Bernhard: „Aber so ist leider unsere Welt. Es wird dir aber so viel vorgegaukelt, wie einfach dies alles ist und du dafür nicht viel an Einsatz investieren musst. Das Erwachen kommt schneller als man es dann glauben will."

Bodo: „Ich glaube, viele haben keine Ahnung, was es bedeutet, einen Beruf auszuüben. Das Beruf Leistung bedeutet, haben viele bisher noch nicht begriffen! Ich glaube, dass liegt auch heute schon in der Erziehung der Kinder!

„Wenn ich sehe, dass mein Kind in der Kita auswählen kann, wo zu es heute Lust und Laune hat, dann bekomme ich schon heute Angst, wie soll das in seinem späteren Leben weitergehen?

Kann er dann auch auswählen, heute Buchhaltung, und morgen dann die Ablage in der Registratur zu machen, weil es hier gemütlicher zugeht?"

Willi: „Da wird sich sehr schnell die Spreu vom Weizen trennen und manch einer wird dann auf der Strecke bleiben. Da wird manch einer zu sich sagen:

Verdammt, hätte ich damals doch etwas gelernt...! Heute ist es zu spät dazu!

Nicht umsonst haben unsere Eltern uns immer angehalten, zu lernen!"

Fokko: „Ich kenne dies auch noch sehr gut. Meine Eltern haben mir aber auch eingetrichtert, dass ich nicht für sie lerne, sondern nur für mich!

Mein Opa, denn ich leider nie kennenlernen konnte, weil er in den letzten Kriegstage noch gefallen war, sagte immer zu seiner Tochter, also zu meiner Mutter den Satz:

„Das was du gelernt hast, dass kann dir keiner nehmen! Aber alles andere kann man dir nehmen!"

Und: „Wissen ist Macht!"

Paul: „Dies ist gerade in der heutigen Zeit fast unmöglich! Dann hörst du immer den Satz:

„Schau nach bei Google!"

Ein jüngerer Kollege sagte einmal zu mir: Paul, du muss heute nur wissen, wo es steht!"

Fokko: „Das mag zwar zutreffend sein, aber man muss auch das verstehen können, was dort steht! Sonst hilft mir mein Wissen … wo es steht... nicht viel weiter!"

Paul: Ja, wir leben in einer Zeit, die im Umbruch ist. Eine Zeit, die nicht stillsteht. Eine Zeit, in der man auf der Suche nach dem Sinn des Lebens ist. Zeit, die einem Sorgen bereitet, wo uns die zahlreichen nebulösen Vorstellungen hinführen werden – in einem 3. Weltkrieg? Der dann der letzte sein wird?"

Fokko: „Die Geschichte hat uns eigentlich gelehrt, dass Kulturen kommen und gehen!

Da stellt sich mir die Frage: Haben wir schon den Höhepunkt unserer Entwicklungen erreicht und begeben uns mit sehenden Augen in den Untergang hinein?"

Bernhard: „Ich hoffe nicht! Aber so manch eine Entwicklung macht einem schon Angst und Bange

Wo soll das noch hinführen?"

Paul: „Was mir aber eine besondere Sorge bereitet sind die vielen Aufmärsche mit den Parolen „Verschwörung"!

Fokko: „Ich glaube, viele laufen hier mit und wissen gar nicht, um was es hier eigentlich geht! Auch die Aussagen, dass jetzt Bill Gates an Corona schuld sei, macht die Runde!

Jetzt kann jeder irgendeine Parole durch die Welt jagen, ob sie stimmt oder nicht! Dank Facebook, Twitter und so weiter. Was gesagt wird, ist völlig egal, es muss reißerisch rüber kommen."

Willi: Ich kann ja auch die Behauptung aufstellen, dass der oder die dafür verantwortlich sind, dass Corona über unsere Grenze gekommen ist. Und das es besser gewesen wäre, alle Reisenden dort zu lassen, wo sie waren, als sie auf Staatskosten zurück zu holen! So hat man das Virus, obwohl es schon bekannt war, nach Deutschland geholt!

Oder, schuld ist der oder der, der die Weltherrschaft anstrebt!

Oder, Schuld hat jeder einzelne, der an Corona erkrankt ist und es weitergetragen hat!

Oder, schuld ist der, der sich nicht an die jetzigen Regelungen hält.

Oder, oder...!

Eigentlich müsste man alle, die meinen sich an die Regelungen nicht halten zu müssen, im Falle einer Erkrankung an Corona von der eventuellen notwendigen gesundheitlichen Behandlung ausschließen!

Denn ihre Forderung ist ja: Freiheit für das Recht auf Bestimmung! Corona ist ja keine Krankheit!

Also wäre es nur recht und billig, diesen Personenkreis nicht zu behandeln, da dies ja die persönliche Freiheit massiv einschränken würde.
So könnte man das Gesundheitssystem besser am Leben halten und entlasten.

Da es sich allerdings hier um ein sehr aggressives Virus handelt, muss man natürlich alle Erkrankten separieren, um eine weitere Ausbreitung zu vermeiden. Dies würde natürlich heißen, man müsste diese Personen irgendwo aussetzen, am besten auf einer Insel, weit weg von aller Zivilastionen, unterbringen!

Fokko: „Ich glaube, dieser Gedanke würde einen Aufschrei hervorrufen, der nicht zu überhören wäre!

Aber bei all den vielen Äußerungen, die in den letzten Wochen in allen Medien verbreitet wurden, ist es nicht verwunderlich, dass man auch auf solche Gedanken kommt!"

Bernhard: „Es ist schon erstaunlich, was hier alles verbreitet wird. Dem einen ist die Umwelt völlig egal, dem anderen seine persönliche Freiheit wichtiger, als die seiner Mitmenschen.
Ein Dritter versucht seinen persönlichen Vorteil aus dieser Krise zu ziehen. Wieder andere klagen an, dass ihnen die notwendigen Beschränkungen schlichtweg gleich sind, da sie sonst nicht ihr Leben so führen können, wie sie es wollen."

Fokko: „Dabei haben viele es noch nicht gemerkt, dass die Welt vor riesigen Umwälzungen steht, die uns alle betreffen werden.

Schon Nostradamus hat gesagt:

„Es ist die Zeit gekommen, dass die Rache der Natur beginnt! Dies wird einhergehen mit einer Klimakatastrophe, die Hitze bringt, die den Wasserspiegel in die Höhe treiben wird, da die Eisfelder an den Polen kleiner werden. Es wird eine Sintflut geben und viele Küstenstädte vernichten. Es wird Seuchen geben!"

Paul: „Sind wir schon auf dem Weg dahin? Man könnte es schon meinen!"

Fokko: „Die Natur gibt und holt! Aber wir müssen uns im klaren sein, Veränderungen hat es immer schon gegeben! Wir können das selbst hier bei uns vor Ort sehen. Wir brauchen uns nur einmal die Karte von Deutschland ansehen:

Die gesamte Tiefebene von Norddeutschland war einmal ein Meer!

Oder es gibt alte Hafenstädte, die jetzt 30, ja 40 km landeinwärts liegen! Jetzt sind diese keine Hafenstädte mehr!

Dies wird sich ändern? Wir werden wieder in einem Ursprung zurück gehen, der schon einmal war.

Wir werden um Wasser Kriege führen!

Wir werden einen Großteil der Menschheit vernichten und wieder dort beginnen, wo wir vor zehntausend Jahren einmal standen!

Noch können wir unseren Einhalt gebieten, aber wir werden nicht mehr die Zeit haben, um darüber noch länger zu diskutieren – wir müssen beginnen zu handeln!

Bodo: „Ja, es wird Zeit!"

Fokko: Wisst ihr, was mir noch aufgestoßen ist, als ich diese Meldung vernahm:

Bauern fordern die Einreise von Hunderttausende Erntehelfer!

Willi: „Ja, dass stieß auch bei mir verdammt sauer auf!

Verdammt sauer auf!"

Bernhard: „Im Winter sind sie mit ihren Traktor-Boliden in die Städte gefahren, haben den Verkehr lahmgelegt, ganze Gebiete mit Abgas versorgt, nur um dagegen zu protestieren, dass weniger Nitrat auf die Felder gebracht wird!

Und jetzt der nächste Fauxpas, die Erntehelfer. Angeblich kann kein Deutscher Spargel stechen!

Dazu wären wir zu dumm!
Komisch, dass sich keiner über diese, doch recht beschämende Aussage, aufgeregt hat. Da wäre es mal sinnvoll gewesen, dagegen zu protestieren.

Aber hier ging es nur um das Geld!
Ein rumänischer Erntehelfer arbeitet auch für zwei Euro die Stunde.

Offiziell bekommt er zwar den Mindestlohn, aber gleichzeitig darf er auch wieder einen Großteil für die Bereitstellung der „Wohnmöglichkeit" abdrücken. So bleibt ihm nur 2 Euro noch übrig!
Dies ginge ja nicht mit einem deutschen Erntehelfer! Der möchte seinen Lohn schon haben!

Es geht hier rein um das Geld!

Ein Spargelbauer, ebenfalls aus Kostenersparnis, verzichtete auf die notwendigen Maßnahmen die wegen Corona erlassen worden waren, nur um die Kosten für sich niedrig zu halten!

Ein anderer Spargelbauer ging einen anderen Weg.

Er ließ seinen Spargel von den Verbraucher selbst vor Ort stechen!"

Paul: „Und das klappte?"

Fokko: „Ja, sogar sehr gut! Man nahm auch den Spargel mit, der eigentlich nie in den Verkauf gekommen wäre!"

Das will was heißen!

Bodo: „Von wegen, wir sind zu dumm dafür! Es geht hier eindeutig und allein, um die reine Gewinnmaximierung beim Spargel!"

Willi: „Ich glaube, den Bauern sollte man mehr Auflagen machen und die Gelder aus Brüssel streichen, damit werden sie gezwungen wieder ökonomischer zu arbeiten!

Und es wird auch wieder mehr Arbeitslose geben, die einen neuen Job brauchen – vielleicht in der Landwirtschaft!

Oder müssen wir wieder zurück zu einer Form der Kolchosen?"

Fokko: „Ich denke, dass will keiner!"

Wirt: „Jungs noch eine Runde zum Abschluss?"

Fokko: „Komm, mach noch eine Runde für alle fertig. Geht auf meinen Deckel"

Wirt: „Kommt sofort!"

Alle: „Dank dem edlen Spender!"

Fokko: „Keine Ursache! Mach ich doch gern!"

Paul: „Fokko, da fällt mir gerade etwas ein, was in der letzten Zeit immer mehr in „Mode" kam: Der bargeldlose Zahlungsverkehr! Wie gehst du damit um?"

Fokko: „Nun Paul, ich stehe dem noch recht skeptisch gegenüber. Ich habe das Gefühl, dass man sehr leicht den Überblick über sein Konto verlieren kann.

Dabei hat dies natürlich auch Vorteile.

Du brauchst nicht mehr zur Bank, um Geld abzuheben.

Das spart dir Zeit!

Du schleppst kein Kleingeld mit dir herum.

Ich weiß wovon ich spreche, denn ich habe das Kleingeld immer am Abend aus meiner Geldbörse verbannt und wenn ich dann nach einiger Zeit das Geld mal gezählt habe, dann stand am Ende eine hübsche Summe auf dem Zettel."
Auf der anderen Seite verleidet dies auch zur Unvernunft und man überzieht schnell sein Konto!!"

Willi: „Ich kann für mich sagen, es ist einfacher und bequemer, wenn bargeldlos gezahlt wird. Sicher früher musste man das Geld zählen, hatte aber einen anderen Bezug zu den Geldwerten.

Heute?

Heute, sieht man nur die Zahlen auf dem Papier und da tun sich viele schwer damit, den reellen Wert zu erfassen!

Ein Beispiel:

Wenn du 500 Euro in zehn 50Euro - Scheinen hast, dann hattest du etwas in der Hand, du konntest sehen, wenn du fünf Scheine weg gabst, wie viele du noch hattest! Das war sichtbar!

Bei einer Zahl 500 ist dies nicht mehr so transparent und viele haben dann das Problem, zu erkennen, wenn dann Zahlen herunter gehen, die abstrakt sind, dies umzusetzen und dann zu wissen, ob noch etwas von dem Geld da ist!"

Bodo: „Es ist trügerisch!"

Bernhard: „Ich habe auch lieber das Geld in der Hand. Denn wenn ich auf einem Einkaufsbummel bin, dann weiß ich ganz genau, wann der Bummel beendet ist, nämlich dann, wenn ich kein Geld mehr habe. Weiß ich das auch, wenn alles einfach und schnell abgebucht wird?"

Paul: „Ich denke, für viele wird dies nicht einfach sein. Gut, mittlerweile gibt es ja für alles eine App, hier wäre sie sehr sinnvoll!"

Fokko: „Aber bedeutet dies nicht, dass man immer und überall sein Handy mithaben muss, um zu sehen, ob mein Konto noch etwas hergibt?"

Bodo: „Ja, dass wird so sein!

Aber für die Jüngeren ist dies ja schon heute Alltag. Dennoch wird sich dadurch vieles verändern. Zum Beispiel stellt sich mir dann die Frage:

Brauchen wir die Banken überhaupt noch? Wenn kein Geld mehr fließt, sondern nur über Konten bewegt wird, als reine Zahl? Reicht dann nicht ein zentrales Rechenzentrum aus?

Oder haben wir dann nur noch eine Währung die aus Zahlen besteht und auf irgendwelchen Konten hin - und herbewegt werden?"

Willi: „Es wird kommen! Das Einkaufen ohne Geld!
Schon jetzt kannst du beim Einkauf im Supermarkt mit deinem Handy bezahlen!

Ebenso die Parkgebühren! In immer mehr Geschäften wird dies möglich sein und werden.
Die Voraussetzungen sind da!
Der Mensch ist an sich bequem und wird sich dies zunutze machen! Allerdings wird auch der Service mehr zunehmen, ja müssen!
Man wird bequem vom Sofa aus bestellen und lässt sich die Sachen liefern.

Dies könnte schon heute sprunghaft ansteigen, wenn viele, die jetzt im Home - Office arbeiten, hier ihre täglichen Einkäufe und Besorgungen abwickeln würden.
Man wird rationeller mit seiner Zeit umgehen müssen, um den heutigen Anforderungen gerecht zu werden.

Es werden neue Anstrengungen, neue Ideen und andere Voraussetzungen zu schaffen sein, um allen gerecht zu werden!"

Fokko: „Da gebe ich dir Recht Willi, neue innovative Ideen müssen folgen, um vieles zu verändern. Ich denke sogar, dass die Umwelt davon profitieren wird." Aber wir müssen erkennen, dass diese Krise uns auch neue Wege aufzeichnen wird, die wir beschreiten müssen, um unsere Welt wieder lebenswerter zu machen!"

Bernhard: „Wir alle können sehen, wie sich unsere Natur erholt, wie die Luft klarer geworden ist, wie sich der Verkehr entzerrt hat.

Trotzdem kann man alles schlecht reden! Die Menschen werden depressiv, die häusliche Gewalt wird zunehmen, der tägliche Frust wird zunehmen und... und... und!

Bodo: „Dazu möchte ich folgende Frage stellen:

Wie wird die Familie in der Zukunft aussehen?

Wie seht ihr die Lage der Familie in der nahen Zukunft?"

Fokko: „Ich denke, die Familie aus Mutter, Vater und Kinder wie sie lange Bestand hatte, ist Vergangenheit! Die neue Familie sieht anders aus. Dafür gibt es ein neues Wort:

Patchwork-Familie

Scheidungen sind heute eine ganz normale Sache. Man findet sich wieder neu und macht aus den Resten der alten und der neuen Familie eine Neue!

Dabei wird eine Eigenschaft immer stärker in den Vordergrund treten müssen, um zu überleben, der Zusammenhalt!
Daher geben manche auch der Großfamilie die Chance, als ideales Lebensmodell in unsicheren Zeiten zu überleben!"

Bernhard: Ja, dass stimmt, aber es gibt auch noch andere Trends, die Aufmerksamkeit verlangen, wie zum Beispiel Alleinerziehende, und Paare die zwar zusammen sind, aber dennoch getrennt leben."

Paul: „Ich als Lehrer sehe diese Entwicklung eher mit gemischten Gefühlen. Auf der einen Seite brechen die klassischen Familien heute sehr schnell auseinander!
Dafür gibt es viele Gründe, die hier alle aufzuführen macht wenig Sinn, aber die sind mehr oder weniger in aller Munde. Daraus entstehen dann die sogenannten Patchwork – Familien, welche aber auch nicht ganz unproblematisch sind. Oft sind es die unterschiedlichen Erziehungsweisen, die zu neuen Problemen führen.

Die dritte Gruppe, die immer stärker wird, sind die Alleinerziehenden.
Aber auch hier treten verstärkt Schwierigkeiten auf.

All dies müssen wir als Lehrkräfte versuchen aufzufangen, was nicht immer leicht ist und uns oft in pure Verzweiflung führt!"

Bodo: „Ist die Familie nicht ein Auslaufmodell?"

Willi: „Ich glaube, dass wird die Zukunft zeigen. Ich habe mal in einer Studie folgendes gelesen:

Da wird gesagt:

In den nächsten zehn Jahren wird die Zahl der Singles in gigantischen Höhen steigen. Manche Forscher rechnen mit 50% die in Single-Haushalten leben werden.
Dabei sollen die Frauen besser damit zurecht kommen, als die Männer.

Die Männer würden eher vereinsamen – vor dem Fernseher! Sie werden schneller und leichter krank und sterben früher!

Einer sagte es sehr deutlich:

„Alleinstehende Männer erscheinen als traurige, isolierte Gestalten!"

Bernhard: „Oh, dass sind aber nicht gerade berauschende Aussichten!"

Paul: „Ich gehe noch einen Schritt weiter. Die ersten Auswirkungen sehen wir ja schon, wenn wir uns in den Familien umschauen.

Mittlerweile haben wir kein ganz anderes Bild.

Der Mann, einst der Macher, der Boss in der Familie hat seine Rolle als Familienoberhaupt aufgegeben!
Er geht heute in Wickelkurse, schiebt den Kinderwagen, geht in Elternzeit, erzieht die Kinder, während die Frau weiter ihrer Karriere folgt!
Und viele Unternehmen fördern dies auch noch!"

Bodo: „Es stimmt!
Viele Männer sind zu „Softis" geworden und werden jetzt, von den Frauen, verstoßen, weil sie zu weich geworden sind, was sie ja über zig Jahre werden sollten!
Heute bevorzugen die Frauen lieber sogenannte „harte Kerle"!

Da soll einer mal die Frauen verstehen?"

Fokko: „Es wird immer schwieriger. Aber daran sieht man es doch sehr deutlich, dass sich die Welt, das Leben verändert. Ja, sich verändern muss, um sich den neuen Gegebenheiten anzupassen."

Bernhard: „In einem Bericht zu dem Thema Gesundheit wird auf die Gefahren hingewiesen, die durch die Erderwärmung entstehen können. Da sprach man von neuen, heimtückischen Krankheiten, ja sogar von Seuchen!
2007 war es die Mexiko-Grippe, die sich weltweit ausbreitete. Dann folgte Ebola. Für das Jahr 2023 wurde eine neue Seuche befürchtet, die sich auf der Welt ausbreitet und auch bei uns eingeschleppt wird!

War Corona schon der Vorläufer?

Wie werden wir dem begegnen?

Mit Sorglosigkeit, wie viele es heute gerne wünschen?

Mit strengen Regeln für das Zusammenleben in der Gemeinschaft?

Was ist richtig?

Was ist falsch?

Fragen, auf die wir eigentlich heute schon Antworten brauchen und nicht erst morgen!"

Paul: „Bernhard, im Grunde stimme ich dir zu, aber ich sehe da auch noch andere Gefahren, die uns das Leben schwer machen können!"

Fokko: „Welche Paul?"

Paul: Zu aller erst sehe ich die Gefahren, die uns aus den Umweltgiften entstehen!

Dann den Unsinn mit der Gennahrung und dann den ständigen Beschuss durch Strahlen aus unseren Handys, von unseren Computern, von unseren zahlreichen elektronischen Geräten, die wir tagtäglich im Gebrauch haben.

Sie schädigen unser Immunsystem.

Viele warnen auch vor die Zunahme von psychischen Gefahren, die sich schon heute ankündigen, wie zum Beispiel: Burnout, oder immer mehr Depressionen. Der ständige Leistungsdruck der Gesellschaft überfordert uns, aber auch das ständige „Dabei" sein in allen Lebenslagen birgt die große Gefahr der Erschöpfung. Dies kann zu neuen teuflischen Nervenkrankheiten führen."

Fokko: „Diese Erscheinungen können wir schon heute sehen, dass wir nicht mehr in der Lage sind, mal einfach abzuschalten, mal einfach inne zu halten.
Nein, wir brauchen die Jagd nach neuen Events, nach neuen Herausforderungen!

„Dabei sein ist alles!"

Wir könnten doch etwas verpassen!

Ich frage mich nur: Was sollen wir verpassen? Ein Event? Eine Ausstellung? Ein Spiel?

Was bringt uns das? Eine neue Jagd nach weiteren Events. Immer getreu dem Motto:

Ich war dabei!

Laufen wir auch deshalb zu irgendwelchen Demostationen hin, ohne zu wissen, um was es hier eigentlich geht? Nur um sagen zu können:

Ich war dabei"

Laufen wir jenen hinterher, die am lautesten schreien?
Haben wir das eigene Denken verlernt?

Können wir nicht unsere eigene Meinung bilden, um das Für und Wider gegeneinander abzuwägen?
Sicher ist es einfach, eine vorgefertigte Meinung oder Aussage zu übernehmen. Aber ist dies dann auch die eigene Meinung, wenn man sich näher mit dem Thema befasst!"

Paul: „Fokko, du hast Recht, aber die Zeit hat sich verändert. Wenn heute einer twittert:
Der Papst ist für das Corona - Virus verantwortlich, dann wird dies von vielen als Gesetz angesehen und schon geht dies in den Medien umher und jeder schreibt noch etwas hinzu.

Und ehe wir uns versehen, ist schon eine von Hass geprägte Verschwörungstheorie entstanden!"

Willi: Wenn ich so darüber nachdenke, was wir alles angesprochen haben, heute in dieser Runde, komme ich zu der Überzeugung, dass wir am Anfang einer weitreichenden Veränderung in vielen Bereichen unseres Lebens stehen."

Fokko: „Willi, welche Bereiche meinst du genau!"

Willi. „Fokko, das ist nicht einfach. Aber ich will mal einige Bereiche kurz anreißen, wie zum Beispiel den Verkehr. Hier müssten ganz neue Möglichkeiten geschaffen werden. Wir müssen weg von den fossilen Brennstoffen.
Oder in der Wirtschaft. Wir werden neue Bereiche entwickeln müssen.

Betriebe müssen ihre Mitarbeiter ständig schulen, um den Anforderungen zu genügen.

Die Schule wird sich verändern müssen. Es müssen neue Lerninhalte und Techniken eingesetzt werden.

Auch die Landwirtschaft wird sich verändern müssen. Vielleicht muss man auch über ganz neue Formen des landwirtschaftlichen Arbeiten nachdenken!

Das Gesundheitssystem muss neu und effektiver ausgebaut werden.
Auch die Pflegeeinrichtungen müssen neu ausgerichtet werden.

Aber dazu müssen wir uns auch darüber im klaren sein, um diese Anstrengungen zu meistern, brauchen wir vielleicht auch dazu eine ganz neue Regierungsform. Denn gerade diese heutige Krise hat es uns deutlich gemacht, wie schwierig es ist, 16 Bundesländer mit ihren „Landesfürsten" unter einem Hut zu bringen.

Da kann man stundenlang zusammen sitzen, diskutieren, beratschlagen, festlegen und was geschieht dann?

Jeder der „Landesfürsten" macht sein eigenes Ding! Nur um sich zu beweisen, dass er der „Macher" sei!

Spötter würden eher sagen: Er ist kein „Macher" sondern nur ein „Macker"!

Also ihr seht, wir müssen in vielen Bereichen neue Wege gehen, dazu gehört auch Veränderung, auch wen diese nicht jedem passen würde. Aber wenn wir unseren Standard halten wollen, dann wird das halt notwendig sein!"

Paul: „Willi, ich gebe dir schon recht, aber wollen wir diese Veränderungen? Ich habe da so meine Zweifel. Notwendig ist ein Umdenken, denn so kann es nicht weitergehen! Wir müssen uns bewegen! Anders bekommen wir die zukünftigen Krisen nicht in den Griff!"

Bernhard: „Ich sehe schon mit Schrecken in die nahe Zukunft hinein und frage mich:

Was wollen wir eigentlich?

Wir Deutschen im Westen und im Osten?

Wenn ich die Berichte sehe, dann wäre diese Frage berechtigt.

Was wollen wir eigentlich?

Wollen wir wieder dahin zurück in die Zeit vor 80 Jahren?

Oder wollen wir die Chance nutzen, das Beste aus unserem Land zu machen?

Aber dazu sollte man bereit sein, die Probleme anzugehen und anzupacken. Denn nur so kann es gehen! Mit Egoismus kommen wir nicht weit. Nur gemeinsam können wir uns den Problemen stellen und sie lösen!"

Bodo: „Auch mir machen einige Entwicklungen hier im Lande große Sorgen!

Wohin führt unser Weg uns hin?

In ein Chaos hinein?

Wollen wir das alles, was wir uns mühsam erarbeitet haben, auf`s Spiel setzen, nur um irgendwelchen Schreiern hinterher zu laufen?

Wollen wir das wirklich?

Fokko: „Wir „Alten" haben gelernt, unseren Geist zu gebrauchen, nicht alles für bare Münze zu nehmen, haben aus der Geschichte gelernt und sind uns einig, dass sich bestimmte Ereignisse einfach nicht wiederholen dürfen, wenn wir in Frieden leben wollen!

Es ist mir auch klar, dass das was uns der Willi gesagt hat, notwendig ist und in den nächsten Jahren für viele Veränderungen sorgen, die vielen von uns Angst machen werden, aber wir sollten dennoch nach vorne schauen und uns den Herausforderungen stellen, denn nur so können wir ein Umdenken bewirken!

„Packen wir es an!"

Es ist zwar ein alter Slogan, aber er ist auch in unserer heutigen Zeit hochaktuell!"

Bernhard: „Fokko, dass hast du gut gesagt!"

Paul: „Um mal von den doch sehr ernsten Themen weg zu kommen, möchte ich euch eine Frage stellen:

Habt ihr dies auch gelesen?"

Bernhard: „Was Paul, sollen wir gelesen haben?"

Paul: „Das hier!

Paul: „Vermieter von Ferienwohnungen kritisieren unter dem Deckmantel des Datenschutzes die Meldepflicht!"

Fokko: „Soweit mir das bekannt war, musste ich immer einen Meldezettel ausfüllen, damit die Kurtaxe oder sonstige Abgaben abgeführt werden konnten."

Bodo: „Ja, dass stimmt. Im letzten Jahr, als ich auf Baltrum meinen Urlaub in einer Ferienwohnung verbracht hatte, musste ich auch einen Meldezettel ausfüllen. Wo soll heute das Problem liegen?"

Bernhard: „Ich glaube, da sollten mal die Behörden denen schärfer auf die Finger schauen. Ich kann mir vorstellen, dass hier eine ganze Reihe von Übernachtungen nicht angezeigt werden! Und so werden mit schwarzen Geldern sich die Taschen vollgemacht!"

Fokko: „Da kann ich verstehen, dass denen eine verschärfte Meldepflicht nicht passen kann!"

Paul: „Das ist doch genau das gleiche, wie mit den Erntehelfern.
Andere sind angeblich zu dumm dafür, aber die „Anderen" können dies! Da kann man ja schon an fünf Fingern abzählen, dass es hier um eine reine Gewinnmaximierung geht!"

Willi: „Es ist egal, wo du hinschaust, überall wird versucht, Kosten einzusparen. Die einen erhöhen mal eben ihre Preise um 30%, die einen beuten andere aus und manche versuchen aus der jetzigen Lage noch hohe Gewinne zu erzielen! Ich glaube viele haben den Schuss noch nicht gehört."
Habt ihr gestern den Film im Fernsehen gesehen, wie sich die „spanische Grippe" durch einen einzigen Mensch, der in einem Ausbildungslager als Koch tätig war, diese Pandemie ausgelöst hatte und die sich dann, auch bedingt durch den Krieg 1914-1918, über die gesamte Welt verbreitet hatte. In Europa starben mehr Menschen an dieser „Grippe" als auf den Schlachtfelder.

Mancher Kommandeur beklagte, dass er mehr Leute verlor, als in einer Schlacht fallen würden!"

Fokko: „Ja, ich habe auch diesen Film gesehen und so müssen wir dies auch heute sehen. Corona dürfen wir nicht unterschätzen! Es mag ja verständlich sein, dass man wieder etwas Normalität haben möchte, aber zu welch einen Preis? Dabei sind wir heute gottlob weiter und wissen, was nötig ist, um die Pandemie einzudämmen. Dies wusste man damals natürlich nicht!

Die Frage ist nur:

Was lernen wir daraus?"

Paul: „Manche werden es leider nie lernen. Das ist wie beim Autofahren.

Ich kann nicht überholen, wenn ich Gegenverkehr habe. Die Folgen für einen Crash sind absehbar!"

Bodo: „Paul, gut das du dies erwähnt hast, dass mit dem Autofahren. Im Moment ist man dabei zu diskutieren, ob man nicht flächendeckend Tempo 130 einführen soll."

Willi: „Ich bin dafür! Es lässt sich viel entspannter fahren und wenn man, wie es geplant ist, auf mehr E-Mobilität gehen will, dann wäre Tempo 130 schon richtig.
Bei einem E-Mobil, welches ich mit 120 kmh bewege, komme ich weiter, als wenn ich es mit 170 kmh bewege!

Um einen Verkehrskollaps zu vermeiden, werden wir gezwungen, neue kleine Fahrzeuge zu entwickeln, die allen Anforderungen der Umwelt nachkommen!" Was wollen wir mit Fahrzeugen, die fast zwei Tonnen wiegen und über 10 Liter Kraftstoff verbrauchen?"

Paul: „Aber das wird schwer werden, da die Autolobby nicht locker lässt, um ihre großen, Sprit vernichtenden SUV`s auf dem Markt zu bringen, koste was es wolle!"

Bodo: „Aber da ist ja auch der Kunde gefragt. Macht er diesen verrückten Trend mit, oder entscheidet er sich für die Umwelt.
Eigentlich sollte der Markt die Antwort geben!

Die Politik sollte nur die Rahmenbedingungen so verändern, dass die Autobauer gezwungen werden, sich Gedanken zu machen, wie sie in der Zukunft überleben wollen! Manche einer ist stehen geblieben und hat später bereut, dass er nicht auf die neue Lage reagiert hat!"

Fokko: „Ich denke, wir werden, ja wir müssen uns Gedanken darüber machen, wie der Verkehr der Zukunft aussehen soll.
Gerade jetzt in dieser Krise hat es sich gezeigt, dass die Werte der Belastung in der Luft rapide gefallen sind. Warum? Es war weniger Verkehr auf den Straßen unterwegs. Auch morgens und abends blieb es ruhig auf den Straßen.

Wenn wir die Digitalisierung ausweiten können, werden viele Jobs von zu Hause ausgeführt werden. Für Manager eine interessante Rechenaufgabe! Das Wort „Kosteneinsparung" wird immer stärker in den Fokus gerückt werden!
Es wird sich in naher Zukunft viel verändern müssen, damit wir unseren Standard halten können!"

Willi: „Ich als kleiner Unternehmer bin ja auch schon gezwungen, mich mit neuen Techniken zu beschäftigen, um konkurrenzfähig zu bleiben.
Ich könnte natürlich auch sagen: „Mein Gott, ich habe nur noch 5 Jahre vor mir, was soll ich damit? Diese fünf Jahre bekomme ich auch noch so geschafft!

Aber es kann auch ganz schnell zu Ende sein und man steht dann vor der Pleite. Will man das? Also ich will das nicht! Ich habe neue Wege gefunden und die werde ich noch etwas ausbauen, mein Kerngeschäft werde ich weiterführen, aber auch hier werden mir neue Techniken helfen, noch zeitsparender zu arbeiten!"

Fokko: „Sprachen nicht einige davon, dass man neue Mauern ziehen wollte?

Dazu passte eine Umfrage der Maurer-Innung:

Da wollten 80% der Befragten die Mauer wiederhaben!

Man hatte die Umfrage unter arbeitslosen Maurern gemacht!

Willi: „Wisst ihr was eigentlich SPD heißt?"

Bodo: „Sozialistische Partei Deutschlands"

Willi: Nein! Das heißt in Wahrheit: „Schönes politisches Durcheinander"

Fokko: „Willi, das passt sogar!"

Paul: „Hab ihr gehört, dass die SPD wieder die Vermögenssteuer einführen will?"

Bodo: „Nein?"

Paul: „Doch, allerdings fragen sich jetzt viele Ostdeutsche:

Muss ich jetzt mein Begrüßungsgeld zurückzahlen?"

Willi: „Ja, das sind Ängste!"

Paul: „In einer Diskussion hat unser „Pillen Spahn" einmal gesagt: Die Gesundheit ist unser höchstes Gut!

Aus einer der hinteren Reihe kam die Anmerkung:

„Und was hat dies den Menschen auf der Titanic gebracht?"

Fokko: „Wenn man dies auf unsere heutige Zeit herunter brechen will, kann dies ein ganz gefährlicher Satz sein!

Aber da wir gerade beim Lästern sind, habe ich dieser Tage folgende Meldung im Netz gelesen:

„Die SPD möchte Jürgen Mölleman, den ihr ja alle kennt, nach Jerusalem umbetten lassen. Aber die FDP, vor allem Patrick Lindner, wehrt sich mit aller Kraft dagegen, da in Jerusalem schon mal einer auferstanden ist!"

Bernhard: „Ja, die Zeiten sind so schlecht, wenn man heute durch einen Park geht und man sieht auf einer Bank einen Mann mit einem Kasten Bier sitzen, dann stelle ich mir die Frage:

Ist dies eine „Ich-AG" auf einem Betriebsausflug oder...?"

Fokko: „Aber Bernhard, was jagst du den da raus?

Ich habe da noch einen einen:

Was ist eine Lippenvergrößerung für Arme?

„Herpes"

Eines habe ich auch noch gelesen:

Da schrieb einer: Er findet, Schulden sind was schönes, man bekommt ja immer so viele, nette „Binnenbriefe"!

Bodo: „Was sind Binnenbriefe?"

Fokko: „Binnenbriefe fangen immer so an:

Sehr geehrter Herr....., wenn Sie nicht binnen von 7 Tagen...!"

Bernhard: „Diese Briefe kenne ich auch! Ich schreibe dann immer zurück:

Sehr geehrte Damen und Herren

Ihren Brief habe ich erhalten und ihn mit Wohlwollen an die Stelle in meinem Hause weitergeleitet, wo die jährliche Auslosung stattfindet. Der erste Preis ist die 100% Begleichung ihrer Rechnung. Der zweite und der dritte Preis gehen mit jeweils 50% und 25% einher.

Die Verlosung findet immer am 31.12. eines Jahres statt.

Ich wünsche Ihnen viel Glück bei der Auslosung und verbleibe mit den besten Empfehlungen.

Ihr...

Paul: „Bernhard, da hast du mich auf einen tollen Gedanken gebracht!"

Fokko: „Ja, das stimmt! Als Rentner muss man ja sehen, wie man über die Runden kommt, wo alles teurer wird! Wir bleiben einfach auf der Strecke liegen.

Urlaub?

Gestrichen!

Friseur?

Gestrichen!

Ausgehen?

Gestrichen!

Kino?

Gestrichen!

Cafè-Besuch?

Gestrichen!

Zoobesuch?

Gestrichen!

Kaffeefahrten?

Gestrichen!

Antrag auf Sterbehilfe?

Gestrichen!

Puff-Besuch?

Gestrichen

Arztbesuche?

Gestrichen

Konzerte?

Gestrichen

Was bleibt da für uns noch übrig?

Besuche auf dem Friedhof?

Ebenfalls gestrichen!

Wir können, ja müssen zuhause bleiben, dürfen die Wand anstarren.
Müssen jeden Cent dreimal umdrehen. Müssen betteln um jede Hilfeleistung.
Müssen sogar dankbar sein, dass wir unsere schmale Rente noch bekommen. Dürfen uns glücklich schätzen, dass wir davon noch Abgaben zahlen dürfen!

Verdammt noch einmal, wir haben geschuftet, oft 60 bis 80 Stunden in der Woche, für einen Hungerlohn im Gegensatz zu heute.

Und jetzt speist man uns ab, in dem man unsere Zahlungen in die Rente einfach mit 1 zu 2 umrechnet, während die Preise 1 zu 1 blieben! Und dann wird man noch von der Steuer gebeten unseren Anteil zu entrichten!"

Willi: „Fokko, hör auf, du hast ja recht, aber wir können daran leider nichts ändern.
Das ist das gleiche mit den Frauen:
Heute ist man froh, wenn eine mal nein sagt!"

Fokko: „Willi, ich weiß, ich sollte mich nicht darüber aufregen, aber soll man alles hinnehmen? Nein, und nochmals nein!"

Bodo: „Letzte Woche war ich zu einem Besuch im Altenheim, als mich eine alte Frau ansprach:

„Bist du es Bodo," fragte sie?
„Ja," sagte ich leise zu ihr.
Sie rückte näher zu mir und sagte: „Kannst du dich an unsere erst, gemeinsame, sehr innige Beziehung erinnern?"

Ich überlegte einen kurzen Augenblick."

Dann sagte sie: „Bodo, lass uns noch einmal diese Beziehung aufleben! Du kannst bei mir einziehen!"

Etwas verstört sagte ich zu ihr:

„Mutti, nun lass es mal gut sein!"

Willi: „Ja, ja die Frauen! Meine herzallerliebste Frau war letztens bei ihrem Hausarzt und klagte ihm ihr Leid.

Er fragte sie doch allen Ernstes:

„Wie sieht es bei ihnen noch mit der Liebe und dem Sex aus?"

„Wisst ihr, was meine Frau ihm geantwortet hatte? Er hatte mir dies unter dem Siegel der ärztlichen Schweigepflicht bei einem Treffen im Supermarkt erzählt:

Alle: „Nein!"

Willi: „Also, er gab folgendes an:

„Willi, deine Frau sagte mir, dass du immer so viel unterwegs bist und nur noch wenig Zeit für sie aufbringst. Was sagte sie so nett: Das ist wie bei der Sozialhilfe, einmal im Monat kommt was rein, aber das reicht vorne und hinten nicht!"

Da war ich fertig!"

Bodo: „Das kenne ich auch! Aber zum meinem Glück habe ich Kinder und wenn man die sieht, dann verliert man jegliche Lust und Freude aufeinander!
Neulich fragte ich meine Frau, was sie sich zu ihrem Geburtstag wünscht?

Etwas Elektrisches wäre schön!

Etwas Elektrisches?

„Wie wäre es mit einem Stuhl?

Danach hing der Haussegen aber derart schief, so dass ich auf der Couch übernachten konnte."

Fokko: „Armer Bodo!"

Bernhard: „Ja, es ist immer sehr schwierig, es allen gerecht zu machen. Wie im Fußball!

Fokko: „Wie kommst du da jetzt drauf?"

Bernhard: „Es ist gleich, welche Mannschaft man nimmt, es allen Spieler recht zu machen ist oft ein Drahtseilakt und mancher Trainer stürzt hier ab. Aber auch die Fans haben vielerlei Ansprüche, die der Verein, die Spieler und die arme Sau eines Trainers umsetzen müssen!

In einem Twitt habe ich folgenden Vorschlag für eine erfolgreiche Mannschaft gefunden!"

Paul: „Wie sah der aus, Bernhard?"

Bernhard: „Also da stand folgendes, wenn ich das noch zusammen bekomme:

Gespielt soll hier mit einem 5-3-2-1 System gespielt werden:

Im Sturm sollen 5 Asylbewerber eingesetzt werden, da sie nicht verfolgt werden dürfen.

Im Mittelfeld soll je ein ein Schwarzer, ein Indianer und ein Chinese spielen, damit Farbe ins Spiel kommt.

Die Verteidigung besteht aus zwei Schwulen, damit Druck von hinten kommt.

Im Tor steht eine Nonne, da sie noch keinen reingelassen hat.

Damit wäre die Mannschaft unschlagbar!"

Fokko: „Ja, man muss sich immer wieder etwas Neues einfallen lassen, wie neulich als ich auf einer Zigarettenschachtel folgendes las:

„Kein Nichtraucher hat uns überlebt!"

Wenn man dies so wörtlich nimmt, hat der Ausspruch sogar recht!"

Wirt: „Jungs, wollt ihr noch einen Absacker zu euch nehmen, wenn gleich die Sperrstunde kommt?"

Fokko: „Oh, ist es schon wieder so spät?"

Paul: „Ja, die Zeit rast davon und man merkt es nicht einmal! Trinken wir noch einen?"

Willi: „Ich höre mich nicht nein sagen und spendiere noch eine Runde!"

Alle: „Willi, das ist sehr löblich!"

Willi: Also Wirt, noch einmal das gleiche und dann ist auch Schluss für heute."

Willi: „Hat noch einer etwas zu erzählen, was uns alle interessiert?"

Fokko: „Ich habe da noch etwas, was mir dieser Tage etwas sauer aufgestoßen ist."

Willi: „Und was ist das Fokko?"

Fokko: „Das sind die zahlreichen Leserbriefe in der Zeitung, die man zum Lesen serviert bekommt.

Da wird manchmal ein solcher Schwachsinn vom Stapel gelassen und die Zeitung druckt es auch noch ab!
Aber nicht nur Leserbriefe verärgern einen, sondern auch der oder andere Beitrag.

Nur zwei kleine Beispiele:

Da ruft eine schon nicht mehr ganz junge Dame aus der Gemeinde zu einer Demonstration gegen die Maskenpflicht auf.

Ich glaube diese Dame hat den Schuss nicht gehört, dass es gerade bei den vielen Lockerungen, die jetzt in die Wege geleitet worden sind,

Pflicht ist, eine Maske zu tragen!

Diese mag zwar lästig sein, aber um einen Rückfall zu vermeiden, ist dies zwingend notwendig. Leider sind nicht alle Menschen so einsichtig, wie diese Dame, und daher muss die Allgemeinheit eben vor solchen Leuten geschützt werden."

Paul: „Eigentlich müssen alle Leute, die an dieser Demonstration teilnehmen, eine Verfügung unterschreiben, dass sie bei einer Corona - Erkrankung, auf sämtliche ärztlichen Behandlungen verzichten, auch im Falle einer eventuellen notwendigen Beatmung!

Bodo: „Das wäre schon richtig!

Denn gerade diese Leute verlangen dann, im Krankheitsfalle, die beste und optimale Verpflegung bzw. Versorgung.

Dabei treiben sie uns, den Pflegekräften, den Schweiß auf die Stirn, weil wir nicht so springen, wie sie es gerne haben möchten. Das wir auch noch ein paar andere Patienten haben, spielt für diese Herrschaften keine Rolle.

Hauptsache „**Ich**"!

Willi: „Ich glaube, dass sich manche Leute nur in den Vordergrund spielen wollen, ohne zu überlegen, was sie mit solchen Aktionen eigentlich auslösen!

Die „Spanische Grippe" wurde auch durch eine einzige Person verbreitet und brachte sie von Kansas in USA auf die Schlachtfelder in Europa! Es starben Hunderttausende!

Bernhard: „Wer zu so etwas aufruft, der sollte sich im Klaren sein, das er bewusst den Tod von vielen Menschen billigend in Kauf nimmt.
Wenn er keine Lust mehr hat zu Leben, dann sollte er seinem Leben ein Ende setzen, aber die anderen nicht dazu verleiten, die notwendigen Regelungen außer Kraft zu setzen!"

Fokko: „Wer meint, man könnte auf alles verzichten, um sich gegen diesen Virus zu schützen, der sollte doch hergehen und wirklich eine Verfügung unterschreiben.

Damit die Gemeinschaft entlastet wird und ihm keine Hilfeleistung zukommen zu lassen. Dadurch können andere gerettet werden, die es notwendiger haben.
Diese Dame schreibt, dass sie schon 54 Jahre alt sei und auch zur Risikogruppe gehört!

Bodo: „Dies gibt ja schon einen Einblick in ihre Vorstellungswelt! Wenn ich jetzt zynisch wäre, könnte man ja sagen:
„Bitte gehen sie hinaus, nehmen Kontakt auf, mit infizierten Personen, die in einem Hotspot der Pandemie leben und sollten sie erkranken an Corona, ja dann ist dies halt Pech für sie! Denn nach ihrer Meinung ist Corona nicht schlimmer als eine leichte Erkältung!

Warum braucht man dann noch eine ärztliche Versorgung?

Darüber sollte jeder der ebenso diese Meinung vertritt einmal darüber nachdenken.
Oder ist ihnen schon die Decke auf den Kopf gefallen?"

Fokko: „Bei dieser Gelegenheit fällt mir gerade ein Fernsehbericht aus NRW ein, wo so ein junger Schnösel, vielleicht gerade mal 30 Jahre alt und noch nicht ganz trocken hinter den Ohren in die Kamera mit einem breiten Lächeln hinein sprach:

„Warum machen wir so ein Geschrei um diese Krise?

Uns Jungen betrifft dies ja nicht und die „Alten" die um die 80zig sind, haben ihr ihr Leben ja schon hinter sich und sterben ja eh bald!
Also warum soll man da noch irgendwelche Maßnahmen tätigen, die uns in unseren Freiheiten so drastisch einengen?"

Wenn ich dabei gewesen wäre, ich hätte den mit meiner Krücke derart verprügelt, dass er nicht mehr weiß, ob er Männlein oder Weiblein ist.
Und dann hätte im Krankenhaus, ein älterer Chefarzt zu ihm sagen müssen:

„Ihre Verletzungen sind so schwer, dass es wenig Sinn macht, sie weiter auf dieser Intensivstation zu lassen und zu pflegen.

Mit ihren Verletzungen würden sie zu viele Kapazitäten binden, so das wir sie, lieber einem Hospiz übergeben werden!"

Dann hätte ich gerne mal sein Gesicht gesehen!

Er sollte froh, dass er in seinem Leben nie in die Lage kommen sollte, wo andere entscheiden müssen, ob sein Leben für die Gemeinschaft noch sinn- und wertvoll sei.

Was sagt ihr zu so einer Aussage?"

Paul:
„Wer so menschenverachtend ist, dem sollte man das Recht nehmen in unserem Staat zu leben!

Bernhard: „Hier sieht man die geistige Armut, die in unserer Gesellschaft immer mehr um sich greift und diejenigen, die dies auch noch nach außen tragen, sind der festen Meinung oder in dem irrsinnigen Glauben, hier etwas sinnvolles zu sagen.

Diesen Menschen möchte ich zu rufen:

„Man hat heute in der Arktis ein Gehirn gefunden. Fehlt dir nicht etwas?"

Bodo: „Leider gibt es diese geistigen „Brandstifter". Wir können sie nicht auslöschen.
Aber wir sollten ihnen zeigen und ihnen klarmachen, dass sie es uns zu verdanken haben, dass sie hier ein solches Leben führen können.

Hätten die „Alten" sich nicht so krumm gemacht in ihrem Leben, dann würden wir heute noch in den Zuständen nach dem 2. Weltkrieg leben! In Hunger und Armut!"

Willi: „Wir sollten unseren Eltern dankbar sein, dass sie durch ihren Fleiß, ihren Verzicht, ihren Mut uns ein sorgenfreies Leben zu ermöglichen versuchten und nun schreibt man ihnen das Recht ab, in Würde alt zu werden?
Welches geistiges Hirn steckt dahinter?
Wie kommt man überhaupt zu so einer Aussage?

Je mehr ich darüber nachdenke, kommt immer Wut in mir auf und möchte im Namen aller alten Mitbürger diesen geistigen Brandstifter zurufen:

„Ihr seid es nicht wert, alt zu werden!

Darum bekommt ihr eine letzte Aufgabe:

Ihr wird in die Armee eingezogen und werdet im harten Kriegseinsatz in aller Welt lernen, was es heißt: Ich bin bereit für den Frieden zu kämpfen und zu sterben!"

Mal sehen, ob ihr es dann nicht schätzen werdet, dass 50. Lebensjahr noch zu erreichen!"

Fokko: „Ich glaube, wir sollten dieses Thema verlassen, bevor die Emotionen hoch kochen. Aber dies sollte uns doch nachdenklich machen!"

Bodo: „Ja, Fokko, da hast du recht, dass sollten wir.

Eines ist mir noch aufgefallen in einem Leserbrief, wo sich der Schreiber darüber ausließ, dass die Lehrer, die risikobehaftet sind, vorerst nicht unterrichten sollen, aber ihr Gehalt weiter bekommen. Dies würde ja nicht gehen!

Sie sollen dennoch arbeiten und zwar könnten sie Samstags oder in den Ferien Schüler in kleinen Gruppen intensiv unterrichten!

Paul: „Ich bin ja Lehrer und wenn ich solche Leserbriefe lese, dann wird mir immer schlecht dabei.

Hat dieser Schreiber es bisher noch nicht mitbekommen, dass es keinen Schulunterricht an Samstagen gibt, da die Schüler überfordert werden und das könne man ja nicht zulassen!

Gleichzeitig stellt sich mir die Frage:

Unterricht im Urlaub?

Um Gottes Willen!

Dies gebe ja ein Aufschrei der Eltern!

Sie möchten ja am liebsten ihre „Kleinen" schon 14 Tage vor den Ferien vom Unterricht befreien, da sie dann ja noch zu Vorsaisonpreisen buchen können!

So sieht es aus!

Wenn ich Politiker wäre, würde ich folgendes sagen:

„Um die Fehlzeiten, bedingt durch die Corona-Krise, auszugleichen, damit man das Lernniveau wieder erreicht, welches man ohne die Krise erreicht hätte, wäre es notwendig folgende Maßnahmen festzulegen:

Erstens:

Da die Schüler jetzt sechs Wochen zu Hause waren, betrachten wir dies als Ferienzeit!
Um diese Zeit wieder aufzuholen, werden die großen Ferien für den Schulunterricht genutzt!

Zumal in der Arbeitswelt, ja auch durchgearbeitet werden muss, um die Verluste aufzuholen.

Zweitens:

Es wird wieder der Samstagsunterricht eingeführt, um alle Schüler auf das gleiche Bildungsniveau zu bringen. Hier soll das in der Woche Erlernte weiter gefestigt werden und durch benotete Tests abgerundet werden. Auch an Unterrichtsstunden am Sonntagmorgen sollten wir nachdenken, um das versäumte Wissen wieder aufzuholen.

Drittens:

Jegliches Fernbleiben vom Unterricht, ohne ärztliches Attest, zieht einen Verweis von der Schule nach sich und wird mit einem Verwarnungsgeld belegt!

Viertens:

Schüler, die vom Besuch einer allgemeinen öffentlichen Schule ausgeschlossen worden sind, werden in einem staatlichen Internat zu einer entsprechenden Erziehung und Ausbildung herangezogen.

Die Kosten tragen die Eltern!

Fünftens:

Wir müssen es anerkennen, dass der Schulbesuch nicht ein notwendiges Übel ist.
Sondern eine ganz wichtige Maßnahme, um im globalen Wettkampf bestehen zu können.
Daher müssen wieder so Tugenden wie:

Lernwille, Disziplin und Ordnung

178

Vorrang bekommen, um gewappnet zu sein, den globalen Kampf aufnehmen zu können."

Fokko: „Oh Paul, das wird aber hart für viele unserer Schüler!"

Willi: „Ja, aber dies ist der einzige Weg, um wieder Leistung zu erzielen und wir brauchen Leistung, neue Ideen, Mut etwas aufzubauen, aber dazu brauchen wir eine grundsolide Schulbildung, die uns auf die neuen Herausforderungen vorbereitet.

Ich kann keinen gebrauchen, der zwar ein „Abi" in der Tasche hat, aber noch nicht einmal in der Lage ist eine Wand zu messen und den Flächeninhalt zu ermitteln. Dann muss ich mich schon fragen:

„Was ist dieses Abitur eigentlich wert?"

Fokko: „Ja Willi, diese Frage stelle ich mir manchmal auch, wenn ich mir diese Arbeitsweise bei manchen Firma anschaue. Da sitzen Leute, die überhaupt keine Ahnung haben, an den wichtigsten Positionen in einem Betrieb und wissen nicht, was sie tun! Da kannst du regelrecht verzweifeln!"

Bernhard: „Ja Schul- und Berufsausbildung sind heute sehr wichtig geworden und wer dies nicht einsehen will, der wird recht schnell merken, dass er ohne eine Leistung keine Chance auf dem Arbeitsmarkt mehr haben wird.

Selbst bei uns auf der Behörde, wo man früher immer sagte, wenn du träge bist, dann werde halt Beamter, stimmt dies nicht mehr.

Wenn wir unsere Einstellungstest machen, so gehen wir mittlerweile von einer Durchfallquote von über 50% aus, was mehr als erschreckend ist. Dabei haben fast alle die sich hier bei uns bewerben, das Abitur!

Eigentlich unvorstellbar!

Da kann man sich wirklich fragen: Ist das Abitur überhaupt eine Auszeichnung für einen gehobene Schulbildung?

Wie muss das dann in den unteren Bildungsetagen aussehen?

Wenn ich so darüber nachdenke, dann muss man wirklich Angst haben, um die nachfolgende Generation!"

Fokko:

Oder:

Da schreibt einer, dass man beim Autofahren keine Maske tragen darf. Auch so ein Unsinn!

Willi: „Mein Gott, man kann doch mal Schutzmaske mit Sturmhaube verwechseln?

Oder?"

Bernhard: „Wenn man schon Maskenpflicht im öffentlichen Bereich hat, dann gilt dies auch beim Autofahren!

Denn nichts ist schlimmer, als die Maske sich immer wieder mit den Händen, die ja immer irgendetwas anpacken, aus dem Gesicht zu ziehen! Also ist es sinnvoller, die Maske anzubehalten, solange man in der Öffentlichkeit unterwegs ist."

Paul: „Ja, Fokko du hast recht, es ist schon erschreckend, was es in unseren Zeitungen an Mitteilungen gedruckt wird.

Schlimmer ist es jedoch im Internet, wo die Meinung noch abstruser sind. Da fragt man sich allen Ernstes, wo ist das geblieben, was man mal als Werte verstanden hatte.

Viele sind mittlerweile der Meinung, wer am lautesten schreit, der muss recht haben!

183

Aber dies ist leider ein kapitaler Trugschluss!"
So kann ich nur noch sagen: „armes Deutschland!"

Willi: „Jungs, ich lese hier gerade in den News aus Aurich:

Generelles Alkoholverbot im Landkreis Aurich an Vatertag!

Bodo: „Das ist aber ganz schlecht! Viele Väter sind ja da auf Tour und freuen sich riesig das ganze Jahr darauf, mit Gleichgesinnten auf Tour zu gehen und jetzt?"

Bernhard: „Bodo, du weiß aber auch, dass viele der Väter, den Nachmittag meist nicht mehr erleben können, weil sie schon im achten Alkoholhimmel schweben!"

Willi: „Die meisten, die am Vatertag unterwegs sind, sind in der Regel keine Väter! Denn wer Vater ist, der geht mit seinem Kind in die Natur, spielt mit dem Kind und da hat er keine Zeit sich daneben zu benehmen!"

Fokko: Ich war immer sehr solide und bin an diesem Tag zu Hause geblieben.
Die Kinder haben sich gefreut, dass der Papa mal zu Hause war und Zeit hatte."
Dafür braucht man kein Alkohol, also kann der ruhig verboten werden!"

Paul: „Also mir ist das völlig gleich, ob es ein Alkoholverbot gibt oder nicht. Ich bin der Meinung, dass Alkohol in der Öffentlichkeit nichts zu suchen hat. Daher ist das völlig okay!"

Wirt: „So meine Herren, es ist schon spät geworden, die Sperrstunde ist gleich erreicht. Bitte die Gläser leeren und dann geht es schön nach Hause zu „Mutti".

Fokko: „Bekommen wir noch einen Absacker für den Heimweg?"

Wirt: „Er kommt schon, aber dann muss es für heute auch gut sein."

Bodo: „Alles klar! Danke!"

Paul: „Jungs, ich danke euch, dass wir mal wieder zusammen gekommen sind, dank der guten und tollen Idee von Bodo.

Danke Bodo dafür!

Wie wird es nächste Woche aussehen?

Wenn die Lage immer noch so ist, dann baue ich die Anlage gerne wieder auf.

Es war mal wieder ein schöner Abend, zwar unter anderen Umständen, aber ein gewisses Feeling kam dennoch auf. Auch die Themen, die heute anlagen, zeigen doch die Ängste und Nöten der Menschen auf.

Kommt alle gut nach Hause und ich sage dann: bis zum nächsten Donnerstag, den wir abhalten können, in aller Frische!

Aber das wichtigste in dieser Zeit ist:

Bleibt alle gesund!"

Alle: „Wir danken dir Paul für deine lieben Worte und wünschen dir das gleiche!"

Also dann bis zum nächsten Donnerstag!

Tschüsssss – und Grüße zu Hause!

Das Autoren-Team
Fritz-Stefan und Manuela Valtner

Nach unserer Hochzeit im Jahre 2011 haben wir 2012 unseren gemeinsamen Neuanfang hier im Norden begonnen.

Unser Glück fanden wir in der Gemeinde Zetel.

189

Neben vielen anderen Gemeinsamkeiten ist das Schreiben und Gestalten von Büchern zu einem Hobby von uns geworden.

Mittlerweile haben wir zehn, zum Teil auch sehr persönliche Bücher, gemeinsam herausgebracht.

Zahlreiche Zeichnungen stammen dabei aus unseren Federn, wie auch viele Fotos, die wir auf unseren Fahrten im Norden „schießen" konnten.

Zu unseren weiteren Hobbys gehört auch das Töpfern mit Ton, das Arbeiten mit Knetbeton, das Malen mit Acryl - Farben und vieles mehr.

Mit dem nachstehenden Buch im Jahre 2009 fing alles an:

Das Leben und Wirken des Strohwitwers Fritz
ISBN: 978 3911 1756070

In diesem Buch erzähle ich Geschichten aus meiner Zeit als Strohwitwer, natürlich etwas überzeichnet, denn diese Geschichten sollten meine erste Frau Maria, nach ihrem schweren Unfall 2004 und bei den zahlreichen Aufenthalten in verschiedenen REHA – Maßnahmen aufmuntern.

Das zweite Buch schrieb ich 2010, allerdings aus einem traurigen Anlass heraus:

Plötzlich allein... wie soll leben ohne dich?
ISBN: 978 3939 241068

Nach dem frühen Tod meiner ersten Frau Maria im Jahre 2007, schrieb ich dieses Buch mit den Fragen nach dem „WIE und dem „WARUM.

2017, also 10 Jahre nach ihrem Tod schrieb ich die Fortsetzung zu Plötzlich allein...:

Plötzlich allein... aber das Leben geht weiter!
ISBN: 978 3746 034393

Tod – Trauer – Einsamkeit – Verlust
Worte, die einem in seinem Leben immer wieder begegnen. Dabei stellt man sich oft die Frage:

„Wie gehe ich damit um?"

In diesem Buch schildere ich die Zeit des Aufbruchs, dem Neuanfang – ohne dabei die Erinnerung an das Vergangene zu vergessen.

Aber es noch gibt viele Geschichten, die das Leben schrieb und auf ihre Verbreitung warten, damit auch andere sagen können: „Ja, dass kenne ich auch!" So entstanden zahlreiche weitere Bücher.

Das Leben des Peter Bork
ISBN: 978 3744 829366

In diesem Buch wird die Geschichte eines Mannes geschildert, der im Vertrieb sehr erfolgreich arbeitete. Aber eine Lebenskrise brachte ihn an den Rand der Verzweiflung.
Eine Geschichte mit einem realen Hintergrund!

Auch im nächsten Buch wird über eine Krise geschrieben:

Burn – out
ISBN: 978 3749 429660

In diesen, doch sehr persönlichen Buch, erzählt der Autor selbst über seinen sehr langen Weg in eine seelische und körperliche Krise - Burn – out – wie man heute sagen würde.

Aber es gibt ja auch schöne Momente im Leben, dies hat der Autor in dem nachfolgenden Buch beschrieben:

Liebe zwischen Lee und Luv
ISBN: 978 3744 803607

Eine Liebesgeschichte, die an der deutschen Nordseeküste spielt und von einem älteren Paar handelt, dass einen gemeinsamen Neuanfang plant und mit einigen Schwierigkeiten zu kämpfen hat.

Wo Liebe ist, ist auch das Unglück nicht weit. Aber lesen sie selbst!

Sommertraum/a
ISBN: 978 3743 159471

In diesem Buch kommt sowohl der Autor, wie auch seine Frau Manuela zu Wort. Ein kleines Missgeschick veränderte von einer auf die andere Sekunde das Leben zweier Menschen.

Wie werden sie damit umgehen?

Eine besondere Liebe von uns beiden sind Katzen. Daher ist es nicht verwunderlich, dass sie ihre Lieblinge in Bücher verewigt haben. Mittlerweile gibt es vier Bücher davon:

Mein Name ist Jacey, die Hauskatze
ISBN: 978 3944 028224

Geschichten einer liebenswerten Hauskatze, die sich als Diva sah und sich auch so aufführte, getreu dem Motto: „Vornehm geht die Welt unter."

Rusty, packt aus...
ISBN: 978 3981 1709223

Beide Katzen lebten gemeinsam in unserem Haushalt und waren so unterschiedlich wie ihr Fell, nämlich schwarz und weiß!

„Gamaschen Fynn"
ISBN: 978 3748 151944

In diesem Buch setzen die beiden Autoren einem zugelaufenen Kater ein kleines Denkmal, der so dankbar war, dass er nach dem Verlust seines langjährigem Heim und dem harten Leben auf der Straße, im hohen Alter noch ein gemütliches, neues Zuhause fand.

Moritz... der kleine Filou
ISBN: 978 3749 497911

Ein alter, kleiner, schmächtiger Kater saß einsam und verloren in einem Tierheim ein, nachdem er sein geliebtes Hein verloren hatte. Im Tierheim fühlte er sich verloren, auch die Pfleger machten sich große Sorgen um ihn.

Er hatte schon die Hoffnung aufgegeben, als...!

Aber auch die Satire wird gerne bemüht, wenn es darum geht, mit gewissen Klischees aufzuräumen.

Kolvensbachs Pitter... und sein leidvoller Ehealltag!
ISBN: 978 3939 241669

Unser Freund hat noch im späten Alter seine „große Liebe" gefunden, so dachte er.
Aber es kam völlig anders, dabei hatten wir ihn eindringlich davor gewarnt. So wurde sein Alltag zu einem Alptraum und wir versuchten ihn ab und zu daraus zu holen, was aber nicht gerade einfach war.

Sex... kann so schön sein... man muss ihn nur haben!
ISBN; 978 3939 241010

In einer lauen Sommernacht saßen mehrere Paare aus der Generation 60+ zusammen und erzählten, nach einigen Getränken, einige kleine Anekdoten aus diesem Bereich, die ich natürlich wissbegierig aufgeschnappt habe, um sie dann zu Papier zu bringen.

Eines Tages fielen mir ein paar alte Bilder aus dem Fundus meiner Mutter in meine Hände. Es waren Bilder die zum Teil schon über 100 Jahre alt waren. Ich begann mich mit dieser Zeit zu beschäftigen. Gleichzeitig wurde es auch eine Zeitreise aus dem Leben meines Opa`s. Daraus entstand das Buch"

Verlorene Jahre
ISBN: 978 3751 989596

Im Gedanken an meinem Opa Friedrich zu seinem 125. Geburtstag und seinem 75. Todestag im Februar des Jahres 2020.

Zwischenzeitlich habe ich auch drei Krimis geschrieben, da es in meinem Bekanntenkreis Leser von Krimis gab und mir nahelegten, doch mal einen Krimi zu schreiben.

Bei einem Urlaub auf der Insel Baltrum fiel mir bei einem Spaziergang am Strand der erste Fall für meinen Kommissar a. D. Klaus Schöne ein:

Kommissar a. D. Klaus Schöne
Aktenzeichen 2609
Ein ungeklärter Mord auf Baltrum
ISBN: 978 3741 288134

Klaus Schöne, Kommissar a. D. im Ruhestand macht auf der kleinen Insel Baltrum seinen wohlverdienten Urlaub. Dabei stößt er auf eine Zeitungsmeldung, die über einen Mord berichtet, der seit zwanzig Jahren zurück liegt und ungeklärt ist.
Dies weckt das Interesse von unserem Ex-Kommissar Klaus Schöne.

Mit diesen Fall kehrte ein „Unruhestand" ein, denn die beiden nächsten Fälle lagen schon vor.

Kommissar a. D. Klaus Schöne
Aktenzeichen 1510
Leichenfund in einer Friedeburger Kiesgrube
ISBN: 978 3741 281082

Ein neuer Fall für unseren Kommissar. Kann er diesen Fall gemeinsam mit seinem Kollegen Schulz aufklären. Eine Spur führt bis nach Portugal.

Kommissar a. D. Klaus Schöne
Aktenzeichen 1017
... in der Tiefe des Moores.
ISBN: 978 3749 421502

Ein neuer unheimlicher Fall für unseren Kommissar.

Bei dem Bau einer Windkraftanlage in einem ehemaligen Moorgebiet, dem Herrenmoor, welches südlich von der Gemeinde Zetel in Friesland liegt, werden bei den Ausschachtungsarbeiten für die Fundamente der dreiteiligen Windkraftanlage Leichenteile gefunden.

Bereits einen Tag später werden weitere Teile gefunden. Was ist hier passiert? Hinweise führen den Kommissar bis nach Südtirol.

Weitere Texte, die veröffentlicht wurden, finden sie in den folgenden Anthologien:

Deutsche Literaturgesellschaft
- **Gedichte, die die Zeit überstehen -**
- Erinnerungen
- Liebe
- Weihnachten

August von Goethe-Verlag
- **Glücklich allein ist die Seele, die lebt -**
- Der Hochzeitstag
- Mein geliebter Schatz
- Wehmut

Zwiebelzwerg-Verlag
- **Keinen Augenblick mehr mit dir -**
- Der Talisman
- Mein geliebter Schatz I

Weitere Bücher, die in naher Zukunft noch verlegt werden sollen:

Die Zeit während der langen Corona - Krise und mit der damit notwendigen verbundenen Kontaktsperre habe ich genutzt, zwei weitere Krimis zu schreiben.

Der erste Krimi trägt den Titel:

Kommissar a. D. Klaus Schöne
Aktenzeichen 1020
„Aphrodite"

der zweite bekam den Titel:

Kommissar a. D. Klaus Schöne
Aktenzeichen 1220
„Dunkle Schatten"

Wo zwei sind, dann ist der dritte auch nicht mehr weit, zumal alle Veranstaltungen abgesagt worden sind und man die Warnungen hinsichtlich Corona doch sehr ernst nahm, blieb es eben nicht aus, eine neue Idee zu Papier zu bringen.

Kommissar a. D. Klaus Schöne
Aktenzeichen 1520
„Das Schweigen"

Da die Zeiten doch sehr ernst waren, brauchte das Gemüt auch etwas zum Schmunzeln und dies geschah mit dem nicht ganz ernst gemeinten Buch mit dem Titel:

„Das Faktotum"

Aber die Corona-Krise beschäftigt natürlich einen und so entstand dieses Buch mit dem Titel:

„Die Stammtischrunde"
„Lütte Jungs"

Vermutlich wird uns die Corona-Krise auch noch über den Herbst und den Winter beherrschen, zumal es viele mit der Vorsicht und den Schutzmaßnahmen es nicht so genau nehmen und wir weiter mit vielleicht massiven Einschränkungen leben müssen, bleibt uns wahrscheinlich nicht mehr, als weiter zu Hause zu bleiben und die Zeit zu nutzen, weitere Bücher zu schreiben, damit keine Langweile oder gar Frust aufkommt.

An eine Depression wollen wir schon gar nicht denken. Aber kann man dies in diesen Zeiten überhaupt noch ausschließen?

Deshalb können wir unseren Lesern nur eins mit auf den Weg geben:

„Bleibt bitte alle gesund!"

Dies wünschen euch das Autoren – Team Fritz-Stefan und Manuela Valtner.